KB139050

알려지지 않은   밤과 하루

배수아 장편소설　　　　　알려지지 않은　밤과 하루

자음과모음

차례

1

　전직 여배우 아야미는 손에 방명록을 든 채 오디오 공연장의 두번째 계단에 앉아 있었다.

　그녀는 혼자였다. 이외의 내용은 아직 아무에게도 알려지지 않았다.

　조명이 꺼진 공연장 내부는 흐릿한 물에 잠긴 듯이 보였다. 사물들이 부드럽게 와해되고 있었다. 그 안에서 모두의 정체가 불분명하고 절반쯤 불투명했다. 빛과 형체뿐 아니라 사물들이 내는 소리조차도 그랬다. 공연장은 열 개 정도의 좌석을 제외하고는 사방에 불규칙하게 설계된 계단이 방청석의 역할을 하는 구조였다.

　아야미는 하루의 공연이 끝나고 극장의 문을 닫은

후 이 자리에 앉아서 그날의 방명록을 펼쳐보는 한가로운 시간을 소중히 여겼다. 관객들이 방명록에 특별한 내용을 적기 때문은 아니다. 종종 점자 모양의 점들을 기록하고 떠나는 눈먼 방문객들이 있는데 그런 언어는 해독할 수가 없었다. 하지만 그녀가 방명록을 손에 들고 있는 것은 읽기 위해서가 아니라 불연속적으로 들려오는 목소리에 조용히 귀를 기울이기 위해서였다.

> 멀리 떠나지 말아요, 단 하루라도, 왜냐하면
>
> 왜냐하면…… 하루는 길고
>
> 나는 당신을 기다릴 테니까.*

이 시간 그녀가 홀로 공연장에 앉아 있으면, 음향 기기 사이 어딘가에서 오래된 라디오가 작동을 시작하기 때문이다. 아야미는 기계와 전선 케이블, 마이크와 스피커들이 유발하는 정전기를 두려워했으므로, 그리고

* 파블로 네루다, 『100편의 사랑 소네트』 중 45번, 정현종 옮김, 문학동네, 2004, 일부 변형.

음파의 교란으로 인한 노이즈가 그녀에게 물리적인 해를 가할 수 있다는 믿음을 버릴 수가 없었으므로, 어딘가에 숨겨진, 혹은 잊힌 라디오를 찾아내기 위해 육중한 기기들의 뒤편을 들여다보거나 건드릴 엄두를 내지 못했다. 사실 오디오 극장의 근무자인 그녀가 할 수 있는 것은 공연용 음반을 오디오에 넣고 스위치를 켜는 간단한 일이 전부였다. 부정기적으로 재단에서 음향 기사가 와서 기기를 점검했지만 그녀는 음향 기사와 직접 말을 나누어본 적이 없었다.

야구 모자를 푹 눌러쓰고 늘 얼굴이 그늘 속에 가려서 마치 자기 자신의 그림자처럼 보이는 기사는 큰 기기를 가져오는 것이 아닌데도 불구하고 항상 직접 버스를 몰고 왔다. 몸체에 재단의 표식이 그려진 흰 버스였다. 버스에는 늘 기사 혼자만이 타고 있었다. 그가 오는 때는 극장장이 정확하게 알고 있었으며, 만약 그럴 필요가 있다면 극장장이 나서서 기사와 대화를 했다. 극장장이 기사를 맞았고, 극장장이 기사의 버스를 배웅했다.

언젠가 한번 그녀는 극장장에게, 음향 기기 사이에

서 간헐적으로 라디오가 저절로 작동된다는 사실을 알려주려고 한 적이 있었다. 그런 일은 아직 없었지만 만약 그것이 공연 도중에 발생한다면 문제가 될 수 있었고, 또 어쨌든 극장장은 오디오 극장의 대표이자 아야미의 하나뿐인 동료이며 상사인 셈이므로 그가 알고 있어야 한다고 생각한 것이다.

"아마도 전선 사이에서 어떤 문제가 생겼나 봐요. 스피커의 케이블과 라디오가 잘못 연결된 것이 아닐까요" 하고 아야미는 마치 우연히 그 방 앞을 스쳐 지나가다가 갑자기 생각이 떠오른 것처럼, 극장장의 사무실 문밖에 선 채 말했다.

"공연장에는 라디오가 없는 것으로 아는데요." 책상에 앉은 극장장은 아야미를 향해 고개를 비스듬히 돌렸다. "그리고 이상한데요. 나는 한 번도 라디오 소리를 들은 적이 없습니다. 물론 내 청각이 유난히 예민한 편이라고 주장할 수는 없지만요."

"나도 그것이 라디오 소리라는 확신이 있는 건 아녜요." 아야미는 눈에 띄게 주저하면서, 하지만 이미 시작한 말을 중단할 수 없다는 그 이유 하나 때문에 할 수 없이 계속 말했다. "그냥 그렇게 추측한 거지요. 어쨌든 무대에서 무슨 소리가 들려오는 건, 아니, 극장이 아주 조용할 때면 종종 그렇게 느껴지는 건 사실이니까요."

"구체적으로 어떤 소리라는 겁니까?"

"책을 아주 느리게 읽는 듯한 소리, 멀리서 웅얼거리면서 말하는 소리, 그래요, 혼잣말 소리…… 더욱 정확하게 말하자면, 뱃사람들을 위해서 바다 날씨를 알려주는 방송처럼 억양이 배제된 소리, 라디오의 일기예보를 받아쓰는 어부들을 위해 의도적으로 느리게 말하는 소리예요. 남동풍 파고 2.5미터, 남서풍, 구름 조금, 남쪽 무지개, 소나기, 우박, 북동풍, 2, 35, 7, 81…… 그런 느낌의 연속적인 중얼거림……."

"그리고 주로 공연이 끝난 다음, 저녁때 오디오 기기를 끈 다음에 들려온다는 거죠?"

"네."

"그러면 혹시 뒤에 남게 된 소리의 그림자가 아닐까요?"

"소리의 그림자라면?"

"알려지지 않은 목소리 같은 것."

아야미는 극장장의 얼굴을 쳐다보았지만 그가 진지한 의미로 말하는 것인지 아니면 농담을 하는 것인지 판단할 수가 없었다. 기계에 대해서는 절대적으로 아무것도 모른다고 생각하는 그녀가 어떻게 반응해야 할지 망설이고 있는 사이에 극장장이 다시 입을 열었다.

"내일모레 음향 기사가 오면 그에게 한번 그 점을 유의해서 살펴보라고 말하죠."

"네, 알겠어요. 하지만 저……."

"뭡니까?"

"전 그냥, 말씀드리는 것이 내 일이라고 생각해서…… 그래서 그런 사실이 있다는 걸 알려드려야 한다고 생각했을 뿐이에요."

"그래서요?"

"사실 솔직히 말하자면, 그 소리는 라디오든 그림자든 뭐든 간에, 그다지 크게 들리는 건 아녜요. 설사 공연 중에 저절로 켜지더라도 효과음 때문에 잘 알아차리지 못할 수도 있고……."

극장장의 입가에 아주 희미하게 미소의 흔적 같은 것이 지나갔다. 그러나 어쩌면 주름 근육이 살짝 경련을 일으킨 것에 불과할지도 몰랐다. "그러니까 그 말은, 정체를 알 수 없는 라디오 소리가 적어도 당신을 방해하지는 않는다는 뜻이군요."

"네."

대답을 마친 그녀는 극장장이 뭐라고 말하기 전에 얼른 걸음을 빨리하여 서둘러 도서실의 자기 자리로 돌아갔다.

그들은 자신들의 그림자보다 먼저 문밖으로 사라졌다. 태양이 깊이 고개 숙인 늦은 오후, 무거운 주황색 섬광으로 이루어진 최후의 햇빛이 수평으로 건물 안으로 밀려들었으나 전등이 꺼진 실내는 이미 절반쯤 어둠의 세계였다. 그날 공연의 관객들은 다섯 명의 키가 큰 남자 고등학생들과 그들의 인솔 교사처럼 보이는 남자, 그리고 거의 보이지 않는 눈을 가느다랗게 뜬 듯이 감은 중증 시각장애인 소녀였다. 남자 고등학생 일행은 오디오 공연이 완전히 끝나기도 전에 불안하게 몸을 털면서 자리에서 일어섰다. 그들은 시끄럽게 떠들며 마치 달아나듯이 서둘러 유리문을 밀고 밖으로 나갔다. 문이 갑작스럽게 닫히는 바람에 그림자는 유령처럼 뒤에 남았다.

시각장애인 소녀는 그날 가장 마지막으로 극장을 떠난 방문객이었다. 소녀는 작별 인사를 나눌 때 아야미의 손등을 스치듯이 만지며 가운뎃손가락으로 그녀의 손목 안쪽 어느 특정 부위를 마치 맥박을 측정하려는 행위인 양 한동안 지그시 눌렀다. 순간적으로 아야미는 소녀가 독특한 방식으로 자신을 초대하고 있다는 생각이 들었다.

기이하게도 소녀는 아무런 장식 없이 거친 질감의 흰 무명 한복 차림이었다. 소녀에게서는 거칠게 풀 먹인 무명천 냄새가 났다. 숱 많고 검은 머리칼은 등 뒤에서 하나로 묶었고, 치맛자락 아래 드러난 맨발은 삼베천을 거칠게 꼬아 만든 샌들을 신고 있었다.

전직 여배우 아야미는 재단이 운영하는 오디오 극장에서 사무원이자 사서이면서 매표원으로 일한 유일한 전직 여배우가 아니었다.

그녀 이전에도 여러 명의 무대 공연 관련자들—대개

는 배우였던—이 이곳의 한 명뿐인 여자 사무직원으로 일했었다. 그들은 길게는 삼 개월에서 짧게는 세 시간 동안 극장의 직원으로 머물렀다. 아야미처럼 이 년 동안이나 자리를 지킨 이는 아무도 없었다. 솔직히 말하면 이 일자리는 매우 지루하고 단조로울 뿐이었다. 특히 한때 배우라는 직업을 가졌던 젊은 여인들에게는 말이다. 만나는 사람들이라고는 오디오 공연의 관객이 전부인데, 그들은 거의 모두 장님과 고등학생, 혹은 장님과 대학생들뿐이다. 그녀의 전임자들이 매번 일찌감치 이 일자리를 집어치운 데는 남자를 만날 기회가 거의 전혀라고 해도 좋을 만큼 희박하다는 일의 특성이 가장 크게 작용했을지도 모른다. 단순히 남성이란 성별을 가진 인간이 아니라, 젊고 싱싱하고 야망이 크지만 불행하게도 가난한 그녀들에게 남자가 되어줄 수 있는 그런 남자들 말이다.

아야미는 자신의 전임자들에 대해서 알지 못했다. 얼굴을 본 적도 없고 이름조차 몰랐다. 전임자가 남기고 간 것은 서랍 속에 굴러다니는 볼펜 몇 자루와 정체 불명의 대상을 향한 욕설이 적힌 메모지가 전부였다.

뿐만 아니라 그녀는 오디오 극장의 운영 주체이며 그녀에게 월급을 지불하고 있는 당사자인 재단에 대해서도 아는 바가 전혀 없었다. 다들 잘못 짐작하는 것과는 달리, 그녀는 재단의 인맥을 통해서 극장에 일자리를 구한 것이 아니기 때문이다. 어느 날부터인가 그녀는 소속된 극단에서 어떤 배역도 얻지 못하게 되는 시기가 길어졌는데, 그러다가 마침내 운영난으로 극단 자체가 해체하게 되었을 때 동료 배우가 이곳을 소개시켜준 것이다.

첫날 오디오 극장으로 찾아간 그녀는 아무의 안내도 받지 않고 텅 빈 공연장으로 들어갔다. 잠시 후 극장장이라는 사람이 나타났다. 그녀는 입구를 향하고 앉아 있었지만, 극장장이 공연장으로 들어서는 것을 알아차리지 못했다. 부유하는 먼지와 광선 사이 어딘가에 희미하게 떠도는 빛의 문이 있고, 극장장은 그 문을 통해서 나타난 듯이 보였다. 아야미는 공연장의 두번째 계단에 앉아서 극장장과 짧은 인터뷰를 했고 그 자리에서 바로 채용이 결정되었다.

오디오 극장은 무대나 스크린이 없는 극장이었다. 음향 시설에서 연출이 곁들여진 극본의 낭송이 흘러나오는 것을 공연이라고 불렀다. 얼마 되지 않는 관객들은 오디오 공연장 여기저기에 놓인 소파나 계단에 흩어져 앉아 낭송을 들었다. 따라서 그곳에는 배우가 없었고, 아야미는 더 이상 배우가 아닌 행정 사무를 보는 평범한 직원으로 일했다. 극장은 길쭉한 로비를 따라서 자리 잡은 작은 규모의 오디오 공연장 하나와 그보다 더 작은 도서실, 그리고 도서실 뒤에 있는 극장장의 사무실로 이루어져 있었다. 아야미는 도서실의 한 코너에서 일했으며, 하루 한 번씩 있는 저녁 공연이 시작되기 전에는 입구에서 사람들에게 입장권을 팔았고—그것은 매우 낮은 가격이어서 커피 한 잔 값에도 미치지 못했다—공연 시작 직전에는 공연장에서 관객들에게 그날의 오디오극을 간단하게 소개하는 일을 했다. 그리고 마지막으로 자 그럼 이제 오디오극을 시작하겠습니다, 하고 말했다. 간혹 원하는 사람이 있으면 도서실에 비치된 낭송 대본이나 팸플릿, 희곡집이나 배우들의 자서전, 공연 디스크를 대출해주기도 했다.

아야미는 이제 자신이 처리해야 할 일들을 모두 마무리했다고 생각했다. 오디오 공연 입장 수입의 정산도 끝냈고—그다지 시간이 오래 걸리는 일은 아니다—도서실의 자료들도 장부 대조를 마쳤으며 필요한 서류들은 미리 우편으로 재단에 보냈다. 이제 극장의 문을 닫고 열쇠를 아래층 우편함에 넣어두면 끝이다. 급료는 이번 달까지 지불될 것이다.

전화벨이 울렸다. 라디오 소리가 아닌 실제의 전화벨이다. 아야미는 도서실 탁자로 다가가 전화를 받았다. 그것은 다음 주의 공연 프로그램을 묻는 질문으로, 가장 흔하게 걸려오는 문의 전화였다.

"다음 주에 공연은 없답니다." 아야미는 대답했다. "오늘 공연이 오디오 극장의 마지막 공연이었어요, 내일부터 극장은 폐관이니까요."

"문을 닫는다고요?" 전화기 저쪽의 상대편은 진심으로 놀라며 되물었다. "그런 사실이 왜 신문에는 나오지 않은 거죠?"

어쩌면 신문에 실렸을지도 모른다. 하지만 그 문제를 재단 홍보실에서 어떻게 처리했을지 아야미 자신도 확실히 알지는 못했다. 사실 매일 저녁 방문하는 관람객들의 숫자만을 두고 보자면, 극장의 폐관은 전화를 건 사람이 생각하는 것처럼 사회적으로 그다지 중요한 사건이 아니었을 수도 있다. 적어도 신문에 실릴 정도로는 말이다.

오디오 극장이 오늘로 문을 닫으므로 아야미는 내일부터 실업자이다. 물론 재단이 폐관을 결정한 것은 몇 달이나 이전의 일이니 그녀에게는 새로운 일자리를 찾을 시간은 충분히 있었다. 다시 배우로 일하기에는 공백이 너무 길었으며, 무엇보다도 예전에 배우로서 활발한 커리어를 쌓지 못한 까닭인지 이제는 자신이 한때 배우였다는 사실이 크게 실감나지 않았다. 그리고 뒤늦게야 현실로 밝혀진 것인데, 오디오 극장에서의 근무 경력은 일자리를 구하는 데 아무런 도움도 되지 못했다. 재단이 운영하는 이 극장은 서울에 단 하나뿐인 유일한 오디오 극장이기 때문이다. 그녀의 일자리는 말하자면 세상에 단 하나만 존재하는 직종인 셈이다. 그녀는 정식 사서 자격증이나 미술 교사 자격증처럼 일자리를 구하기에 어느 정도 유용해 보이는, 적어도 서류상의 시도를 해볼 수 있는 자격증이라고는 하나도 갖추지 못했다. 법대에 입학하기는 했으나 한 학기도 마치지 않은 채로 그만두어버렸으므로 졸업장이라고 할 만한 것이 없었고, 심지어 운전면허 소지자도 아니었다.

배우로 일하던 시절 그녀는 틈만 나면 식당에서 웨이트리스로 아르바이트를 했는데, 그 일도 배우로서와 마찬가지로 그다지 성공적이지는 못했다. 그녀는 성공적인 웨이트리스가 되기에는 너무 키가 커 보였다. 게다가 연극적인 무표정이 얼굴에 가득했으며 주문을 받기 위해 움직이는 동작과 발걸음이 느리면서도 드라마틱하다는 인상을 주었는데, 이 모든 것이 일반적인 정도를 넘어서는 듯이 느껴졌다. 그것은 식당을 찾는 손님들에게 알 수 없는 어색함과 거북함이란 인상을 선사했다. 그들은 테이블로 다가온 그녀를 올려다보면서 거의 예외 없이 불편한 낯빛을 만들어 보이곤 했다. 그리고 그녀에게 키가 얼마냐고 물었고, 그녀가 대답하면 믿을 수 없다는 표정을 하고는 그녀의 신발 굽을 살펴보곤 했다. 신발은 항상 납작했다. 뿐만 아니라 보통 그래야 하는 정도보다 훨씬 더 납작했다. 사실 수치상으로만 본다면 키가 아주 크다고는 할 수 없는 그녀는, 마치 바닥에서 살짝 허공으로 들린 채 미끄러지듯 유영하는 사람처럼, 기묘하게도 실제보다 더 키가 커 보였고, 특히 식당에서 웨이트리스 일을 하고 있을 때면 그런 착시 효과는 더욱 증폭되었다. 거의 대부분 손님들은 앉아 있고 그녀는 서 있는 상태였기 때문이다.

그녀 스스로도 항상 실감하고 있듯이, 그녀의 몸은 인간의 커뮤니케이션 능력을 활용하는 서비스 직종보다는 사물적인 육체노동에 어울렸다. 그리고 그녀는 무대 배우의 일이 육체노동에 속한다고 믿었다.

아야미가 좀처럼 일자리를 찾지 못하는 것을 눈치 챈 극장장이 그녀에게 재단으로 구직 편지를 한 통 써보라고 충고한 적이 있었다. 외부 시설인 오디오 극장의 계약직 직원으로 채용되어 일하면서 그녀는 단 한 번도 재단을 방문하거나 재단의 사람들과 만날 기회나 필요가 없었다. 재단과의 모든 교통은 극장장이 맡아서 했다. 그녀는 단지 재단의 예술부 사람과 몇 번 건

조하고 짧은 전화 통화를—그것도 예외적으로 다급한 소통이 필요했던 경우에만—나눈 것이 전부였다. 극장장은 재단의 인사과로 소개서와 이력서를 동봉한 편지를 써 보내놓으면, 비록 당장은 아닐지라도 언젠가 재단에 적정한 자리가 생기거나, 아니면 가능성은 매우 희박하지만 그들이 다시 비영리 문화 사업에 투자하게 되어서 오디오 극장이나 도서실을 재개관하게 될 경우 참고하리라는 것이었다.

"당신도 알겠지만 재단은 공개적인 인력 모집을 하지 않고 항상 추천으로 사람을 구하고 있으니 그 방법이 분명히 도움이 되리라고 보는데요" 하고 극장장은 말했다. 그러나 그녀는 그렇게 하지 않았다. 일자리가 필요하지 않거나, 재단에서 일하는 것이 마음에 들지 않아서가 아니었다. 비록 드러내어 말은 하지 않지만 극장장 자신도 다른 직장을 구하지 못했음을, 어느 정도 적절한 보수와 지위를 제공해주는 일자리를 찾지 못했음을 알아차렸기 때문이다. 만약 재단이 그들에게 쉽사리 호의를 베풀어줄 마음이 있다면, 혹은 그럴 상황이 된다면, 그녀에 비해서 재단과 훨씬 친밀한 관계인 극장장이 그런 어려움을 겪지는 않을 것 같았다. 그녀가 보기에 극장장은 훌륭한 교육을 받았고 지식도 풍부했으며 외국에서 유학을 한 학위 소지자였다. 단지 흠이라면, 비영리 시설이며 부하 직원이라곤 그녀 하나뿐인 오디오 극장 극장장 일이 경력의 전부라는 것 정도이리라.

구름이 없이 사방이 밝게 반짝이는 저녁이었다. 전화를 끊은 아야미는 극장이 있는 건물 일층의 입구 유리문을 통해 땅거미 지는 밖을 내다보았다. 마지막 빛이 불그스름하게 이글거렸다. 허름한 옷차림의 중년 남녀 한 쌍이 골목 맞은편 담장 앞에 서서 극장을 바라보고 있었다. 자동차가 일방통행로인 골목길을 지나갈 때마다 여자가 담장 아래의 낮은 포석 위로 위태롭게 올라서면서, 그들은 한참 동안이나 흥미를 가지고 프로그램이 내걸린 극장 입구의 게시판에서 눈을 떼지 못했다.

그들은 저녁 산책을 나선 평범한 부부, 혹은 사십 년 만에 다시 만난 초등학교 동창생처럼 보였다. 여자가 얼굴을 들자, 부자연스럽게 새까만 머리칼 사이로 거무스름한 피부에 뚜렷하게 나 있는 얽은 자국이 눈에 띄었다. 남자가 굳은살이 딱딱하게 박인 손을 들어 프로그램 게시판의 어딘가를 가리켰다. 아마도 그들은 이곳이 오늘 마지막 프로그램을 공연했다는 사실을 그제야 알아차린 것 같았다. 여자가 아쉬운 표정으로 머리를 흔드는 것이 보였다. 저들은 내 부모일까? 하는 생각이 문득 아야미의 머리에 떠올랐다가 연기처럼 희미한 꼬리를 끌며 멀어져 갔다.

"참 이상하지요, 왜 이런 극장이 여기 있는 줄을 지금까지 몰랐을까" 하고 여자가 중얼거리는 것이 보였다. "큰 간판도 없고 프로그램만 이렇게 붙어 있으니, 자세히 보지 않으면 불교 사원이나 명상 학원처럼 보이잖아요."

남자가 여자의 귓가에 대고 뭐라고 다시 속삭이자 여자가 머리를 남자의 어깨에 기대면서 늙은 아이처럼 키득거리며 웃었다. 왜소한 체격의 남자는 아마도 서울시장의 먼 친척이면서 과일 행상을 했다는 아야미의 아버지와 동일한 인물일지도 몰랐다.

그들은 잠시 동안 그들 삶에 갑자기 모습을 나타낸

극장을 잊은 것 같았다.

그들은 동시에 하늘을 올려다보았다.

더웠다. 모든 것은 변함이 없었다. 비가 내릴 것 같지는 않았다.

"저 안에는 무엇이 있을까요." 이해할 수 없는 미련에 사로잡힌 여자가 다시 문 안쪽을 힐끔거리며 말했다. 남자는 여자의 눈길을 따라 극장을 바라보았다. 남자는 오디오 기기라면 몰라도 오디오 극장이라는 장소에는 큰 관심이 없었다. 그들은 유리문 안쪽에 있는 아야미가 보이지 않는 듯했다.

"도서실과 오디오 감상실이 있다고 하는군요……. 오디오 감상실이라니, 음악 감상실과 같은 곳일까요? 하지만 어차피 이제 문을 닫는다고 하네요. 우리는 저곳에 한 번도 들어가보지 못하겠군요."

그들은 마치 집으로 돌아가려는 사람들처럼 동시에 한 방향으로 발걸음을 옮겼으나 곧 주춤거리며 멈추어 섰다. 마치 '우리는 어디로 가는가?' 하고 묻는 몸짓처럼. 여자가 갑자기 남자를 향해 몸을 돌리더니, 이마에 주름이 생길 정도로 눈동자를 크게 치켜뜨고 물었다.

"당신, 편지에 쓴 것처럼 정말로 나를 떠나버리진 않을 거죠?"

그러자 바람 한 점 없는 대기 속에서 여자의 치마가 낡은 행주처럼 펄럭였다. 힘줄이 불거진 앙상한 맨다리와 초라하게 작은 발, 새것으로 번쩍거리지만 이상하게 싸구려처럼 보이는 구두가 드러났다.

여자의 머리칼 사이에서 빠져나온 한 줄기 땀이 얽은 얼굴 위로 흘렀다. 그녀의 치마 아래서 살짝 무른 과일과 담배와 젖은 빨래와 생선 포장지 냄새가 풍겼다.

오디오 감상실이란 사실 따로 공간이 있는 것이 아니고 도서실 한 면에 설치된 음반 청취대를 말하는 거였다. 사람들이 그곳에 서서 공연 음반을 시험 삼아 들어보고 대출을 할 것인지 아닌지를 결정할 수 있게 하려는 것이 본래 목적이므로 오디오 감상실이라고 부르는 것은 과장된 이름이긴 했다.

저들은 내 부모일까? 하고 아야미는 다시 한번 더 그 질문을 떠올려보았다.

이 년 동안 일하면서 아야미는 팔월 한여름 일주일

간 극장의 공식 휴관 기간을 제외하고는 특별히 쉰 적이 없었다. 일 년 중 가장 무더운 시기에 해당하는 그때는 재단의 일괄 휴가 기간이기도 했다. 재단은 일주일간 업무를 중단하고, 재단의 모든 전화는 회선이 중지되었으며, 재단의 모든 직원이 동시에 휴가를 떠났다. 그때 도시는 축축하고 뜨끈한 흙더미 아래서 죽어가는 거대한 맹수와 같았다.

두터운 시멘트 건물 벽면과 육중한 철제와 거대한 유리 시설물, 대지 전체를 뒤덮은 뜨거운 아스팔트에서는 이글거리는 화장장의 열기가 뿜어져 나오고 드러난 살과 피부, 눈동자와 털과 같은 온갖 동물성 유기물들이 땀과 함께 열기에 연소되면서 거리는 온통 분화구처럼 움푹한 화염의 구덩이로 변했다. 어느 방향으로 얼굴을 돌려도 수천 개의 불화살이 눈과 피부에 치명적인 화상을 입혔다. 수천 개의 별들이 동시에 폭발했다. 유성들이 불타고 가스가 연소하며 어두운 재가 천체의 궁륭에 달라붙었다. 모든 빛이 차단되었다. 밤이 발생했다. 그러나 더위는 물러가지 않았다. 육체의 조직과 조직을 이어주는 점성질의 섬유들은 밤이면 더욱 느슨하게 이완되었고 흐느적거리며 의식의 가장자리를 맴돌았다. 잠의 세포는 아이덴티티를 잃었다. 정체성의 암호가 풀렸다. 잠의 세포막이 와해되면서 혼수와 꿈이 뒤섞였다. 그것은 일 년 중 가장 엷고 희박하며 확장된 잠의 시기였다. 그에 반해서 비중과 농도가 가장 강렬해진 꿈의 콜로이드가 지배하는 시기였다. 꿈속에서 아야미는 가슴에 커다란 앵무새를 안고 현실에는 존재하지 않는 차가운 물이 담긴 욕조 속으로 기어들어가 잠들곤 했다. 앵무새가 그녀의 가슴을 발톱으로 파면서 아주 크고 길게 소의 울음소리를 냈다. 인위적인 거대 냉방 기계 장치로 인해 한없이 증폭된 도시의 더위는 비통하면서도 초월적인 효과를 불러일으켰다. 한여름의 대도시는 수천 년 전 열대의 컬트 종족이 세워놓고 사라져버린 혼몽의 사원이었다. 희박한 잠은 뜨끈하게 데워진 재와 증기로 가득 찬 화산 연못으로 육신을 끌고 들어갔다. 검은 비누 성분의 재는 끈적하고 미끈거렸으며 구멍이 숭숭 뚫린 크고 작은 회색의 부석들이 몸의 부유를 방해했다. 창문을 열면 흠뻑 젖은 담요보다도 더 묵직하고 둔중한 더운 공기가 선풍기도 에어컨도 없는 좁다란 방 하나짜리 집 안으로 뜨거운 살덩이처럼 밀려들었으며 창문을 닫으면 산소가 무서운 기세로 휘발되어버렸다. 마침내 대기는 오직 온도로만 가득 찼다. 마침내 대기는 오직 파탄의 엑스터시로만 가득 찼다. 팔월의 침대는 달구어진 늪지에서 피어오르는 수증기 기둥이었다. 그 안에서 죽은 한 선조 여자의 기억이었다. 펄펄 끓는 늪지에서 상승한 고통스러운 몽상의 제국이 팔월의 도시 위로 둥실 떠올랐다. 사람들의 꿈을 잠식했다. 한여름의 체온보다 더 뜨거운 공기는 투명하고 견고한 총알이 되어 아주 느린 속도로 더운 심장에서 심장으로 관통하며 여행했다. 보이지 않는 납의 결정이 매순간 피부를 파열하고 살갗을 꿰뚫었다. 타들어가는 살덩이. 화상으로 너덜너덜해진 점막. 호흡은 절망으로 가는 기관차였다. 그들은 잠자리에 들 때마다 참혹할 정도로 땀에 흠뻑 젖었다. 그들의 육신은 속에서부터 천천히 불타는 석탄이었다. 화염 없이 이글거리며 느리게 밤새도록 오래오래 타올랐다. 한낮 가장 뜨거운 시각이면 그는 냉장고에서 꺼낸 맥주를 마셨고 그녀는 오이를 먹었다.

선반 위에 놓인 상자 모양의 노란색 라디오를 켜면 항상 일기에 관한 보도만이 흘러나왔다. 남자 배우가 아주 느린 목소리로 억양 없이 한 음절 한 음절을 끊어가며 원고를 읽었다. 한낮의. 기온. 섭씨. 삼십. 구도. 바람. 없음. 그늘. 없음. 화상의. 위험. 삼십. 구도. 바람. 없음. 그늘. 없음. 한낮의. 도시. 신기루. 현상이. 나타날. 예정. 아스팔트와. 타이어의. 융해. 바람. 없음. 구름. 없음. 점막의. 화상. 위험. 하늘과. 대기의. 색깔. 없음…… 햇빛 드는 창가에 내다놓은 초는 불을 붙이지도 않았는데 저절로 녹아서 흐물거렸다. 촛대가 쪼그라들면서 슬프게 구부러졌다. 그 모습은 불가피하게 기묘한 사랑의 종말을 알렸다. 열대의 시간이 끝나갈 즈음 그들은 재만 남았다. 그들은 불투명한 회색빛 유령이 되었다.

휴가 기간이 끝나고 다시 출근을 하면 극장장은 아야미를 향해 휴가가 어땠느냐고 물었고 그녀는 아주 좋았다고 대답했다. 그들은 처음 만나게 된, 잘 모르는 사람들처럼 굴었다.

아야미는 말했다. 휴가 때면 대개 외국에 홀로 살고

있는 부유한 숙모님을 방문한다고. 비행기를 타고 여섯 시간을 가야 하는 그곳은 열대의 고장이다. 숙모님의 집은 모래색 사암으로 지어진 빌라인데 뒤뜰에는 수영장이 있다. 이른 아침에 수영장으로 나가면 수천 개의 발이 달린 지네와 거미, 어린 뱀 들이 정체불명의 검은 밤의 찌꺼기들과 함께 수면을 둥둥 떠다니는데, 그녀는 벌레와 이물질들을 치울 생각도 하지 않고 그대로 물로 뛰어들어가 수영을 한다. 물은 살짝 차가우면서도 수영장의 중앙부로 갈수록 수면 아래쪽이 뜨끈하게 변한다. 숙모님은 휴가철이면 피서객들에게 방을 빌려주고 있는데 허드렛일을 하는 말레이인 식모 미미가 있기 때문에 가능한 일이다(숙모님은 여든 살 생일이 지났다!). 아야미는 기분이 내킬 때면 미미를 도와 침대 시트 정리와 방 청소를 하기도 하지만 대부분은 그냥 빈둥대면서 시간을 보낸다. 입자가 굵은 회색 모래로 이루어진 해변을 맨발로 산책했고 시내 맥도널드 카페에서 커피와 머핀을 먹었으며 밤에는 호텔 노천 바의 시원한 야자수 아래서 칵테일을 마셨노라고.

"부유한 숙모님이라!" 극장장은 감탄 어린 반응을 보

여주었다. "대개의 집안에 한 명씩은 있는 친척이라고 할 수 있군요. 나도 그런 숙모님이 있었지요. 옛날 일이긴 하지만. 그런데 우리 집안의 숙모님은 부유했을 뿐만 아니라 아주 무섭고 엄격한 분이었답니다. 세 대나되는 그랜드 피아노가 있었지만 우리 형제는 집 안에서 발끝으로 걸어 다녀야 했을 정도니 피아노 건반을 두드린다는 건 상상도 못 할 노릇이었지요. 음악을 포함하여 그 어떤 불필요한 소음도 싫어하셨거든요. 지금은 돌아가신 지가 오래되었지요."

작년 휴가가 끝난 후 아야미는 숙모님이 사는 도시에서 찍은 것이라며 사진 한 장을 극장장에게 보여주었다. 사진 속에서 그녀는 길 건너편에 서 있는데, 아무런 장식 없이 거칠게 풀 먹인 흰 무명 한복 차림이었다. 숱 많고 검은 머리칼은 등 뒤에서 하나로 묶었고, 치맛자락 아래 드러난 맨발은 삼베 천을 거칠게 꼬아 만든 샌들을 신고 있었다. 일부러 그런 것인지는 알 수 없지만 사진의 초점이 그녀가 아닌 뒤편, 거대한 부조 조각들로 장식된 건물 파사드에 맞춰져 있었으므로 정작 인물은 너무 흐릿하게 나와 누군가 가르쳐주지 않으면

아무도 사진 속의 여자가 정말로 아야미인지 알아볼
수 없었다.

"여기는 시립박물관 앞인가요?" 하고 극장장이 물었다.

"아니에요, 힐튼 호텔 앞을 지나가면서 찍은 거랍니
다" 하고 아야미는 대답했다.

아야미가 독일어 교습을 받게 된 것도 순전히 극장
장의 소개 때문이었다. 그녀가 일을 시작한 지 두번째
날 극장장은 말했다. 대학 시절부터 친하게 지내온 여
자 후배가 있는데, 대학을 졸업하자마자 결혼한 그 후
배는 극장장과 같은 도시에서 남편과 함께 유학을 했
지만 학위를 마치지는 못했고 한국에 돌아와서도 특별
한 직업 없이 지냈다고. 그런데 얼마 전에 예상하지 못
한 갑작스러운 이혼을 하게 되는 바람에 생계를 위해
급하게 돈을 벌어야 했다는 것이다. 그래서 서둘러 영
어 교습을 하는 일자리를 구했다. 나이가 많고 경력이
없기 때문에 영어학원에 시간제 일자리를 구하는 것이
용이하지 않아 주로 집에서 개인 교습을 하기로 했다.
그런데 여자 후배는 영어뿐 아니라 불어와 독일어도

교습이 가능하다.

"피카소의 여자 친구도 피카소와 헤어진 다음 파리의 미국 여자들에게 불어 교습을 하면서 생계를 유지했어요. 그건 시공을 초월해서 아주 고전적인 대책인 셈이죠" 하고 극장장은 말했다.

"피카소의 어떤 여자 친구 말인가요?" 아야미는 이렇게 되물었지만 속으로는 이미 독일어(혹은 불어라도 상관이 없다. 어차피 둘 다 그녀에게는 현실적인 효용을 전혀 기대할 수 없는 지식이 될 테니까) 개인 교습을 받으리라고 마음먹고 있었다.

"페르낭드 올리비에." 극장장은 아야미가 모르는 이름을 댔다.

극장장의 여자 후배는 몸집과 키가 자그마했고 허리까지 흘러내리는 긴 머리카락에 날씬하고 우아했다. 그러나 어린 시절에 천연두를 앓은 탓에 얼굴이 심하게 얽어 있었으므로 인상만으로는 전혀 나이를 짐작할 수 없었다. 그녀의 피부색은 화상을 입은 듯 얼룩덜룩했다. 그녀가 걸음을 옮길 때면 마치 출렁거리며 파도 위를 떠도는 배 같았다. 그녀는 주로 어두운 그늘 속에 머물러 있으면서 필요할 때면 하얗고 깨끗한 피부로 덮인 오른손을 빛 속으로 뻗었다.

이혼이 결정된 후 그녀는 오디오 극장에서 버스로 서너 정류장 떨어진 동네로 이사를 왔다. 이 일대는 도심이었지만 그 동네는 언덕 꼭대기에 있고 거주 환경도 낙후한 편이라서 집세가 상당히 쌌기 때문이다. 버스에서 내려 한참이나 언덕길을 올라가야 하는, 골목 가장 끄트머리의 햇빛도 들어오지 않는 구석진 방 하나짜리 셋집이었다. 아야미는 매일 일을 마친 후 그녀의 집으로 가서 구십 분 동안 독일어 교습을 받았다. 그녀와 아야미는 둘 다 말하는 것보다는 가만히 앉아 작은 소리로 책을 읽는 상대편의 목소리를 듣는 일을 더 좋아했다. 그래서인지 정작 이 년이나 교습을 받았지만 아야미의 독일어 실력은 크게 나아지지 않았다.

그녀들은 책을 읽으면서 차를 마셨다. 머리칼을 이마 뒤로 넘겨 하나로 묶은 독일어 선생은 조그만 갈색 맨발을 의자 위에 올리고 원숭이처럼 몸을 동그랗게 구부린 채 뜨거운 차를 홀짝였다. 독일어 선생은 차에 넣었던 레몬 찌꺼기로 오른 손등을 문질렀다. 독일어 선생은 흐릿한 거울 속 그림자처럼 앉아 있었다. 그녀가 말없이 손을 뻗어 아야미에게 찻잔을 건넬 때 그녀의 깨끗한 오른손이 한여름 저녁 빛 속으로 하얗게 드러났다. 방 안에서는 문득 라디오 소리가 들릴 때가 있었다.

"이게 무슨 소리지요?" 하고 아야미가 낮은 목소리로 소곤대며 물었다.

"라디오예요." 이렇게 대답하는 독일어 선생의 목소리는 라디오에서 흘러나오는 목소리와 거의 흡사했다.

"하필 왜 지금 라디오를 켠 건가요?"

"저절로 켜진 거예요."

"그럼 다시 꺼요."

"안 돼요, 그건 불가능해요."

"왜 불가능한가요?"

"라디오는…… 스위치가 고장이 났거든요. 그래서 저절로 켜졌다가 저 혼자 저절로 꺼져버리곤 해요."

"그럼 코드를 뽑아버리면 되잖아요."

"안 돼요, 그건 불가능해요."

"왜 불가능하다는 건가요?"

"나는…… 전자 노이즈가 무서우니까요. 그건 가스나 칼, 번개처럼 무서운 거니까요."

"아 그렇군요." 아야미는 독일어 선생을 바라보면서 고개를 끄덕였다. 그들은 계속해서 차를 마셨다. 그녀들의 이마에 뜨거운 땀이 방울방울 맺혔다. 막다른 골목길 벽을 마주하고 있는 독일어 선생 집의 하나뿐인 창은 기능을 전혀 발휘하지 못했고, 빗자루로 쓸어내버리고 싶은 축축하고 무거운 공기가 어둑한 실내에 잔뜩 고여 있었다. 오래전에 금붕어가 죽어버린 어항에서는 녹색 물이끼 냄새, 그리고 벽지 아래서 피어나는 달콤한 곰팡이 냄새가 났다. 그 집은 열대성 무더위를 섬기기 위한 사원이나 마찬가지였다. 더위는 그 집에서 늪처럼 부풀면서 팽창했다. 그래서 몬순병이라고 불리는 정신의 어떤 고통스러운 몽환 상태를 생성했다. 창문을 열면 흠뻑 젖은 담요보다도 더 묵직하고 둔중한 더운 공기가 선풍기도 에어컨도 없는 좁다란 방 하나짜리 집 안으로 뜨거운 살덩이처럼 밀려들었고 창문을 닫으면 산소가 무서운 기세로 휘발되어버렸다. 하지만 아마도 올해 열대의 휴가는 없으리라. 휴가 기간이 되기 전에 극장이 문을 닫을 것이고 아야미가 그때까지 다른 일자리를 찾을 가능성은 요원해 보였기 때문이다.

"얼마 전에 왼쪽 가슴에서 정체불명의—이건 의사의 표현이랍니다—결절이 발견되었어요." 독일어 선생은 반쯤 가려진 검은 거울 속에서 소곤거리듯 말했다.

그리고 잠시의 침묵 후에 다시 덧붙여서 말했다. "별것 아니에요, 내 나이의 사람이라면 흔하게 겪는 질병이랍니다." 그게 정말이냐고 아야미가 물었다. 정말로 걱정할 필요가 없는 사소한 결절이란 말인지. "그럼요, 정말이지요" 하고 독일어 선생은 고개를 끄덕였다. "흔한 일이라니까요. 당신처럼 젊은 사람에게는 실감나지 않겠지만."

스물아홉번째 생일이 얼마 남지 않은 아야미는 단한 번도 자신을 젊다고 생각해본 적이 없으며 실직을 코앞에 두고 있는 지금은 더더욱 그랬다.

"삶에는. 마치. 나병처럼. 고독. 속에서. 서서히. 영혼을. 잠식해. 들어가는. 상처가. 있다."

독일어 선생은 감정이 실리지 않은 목소리로 억양

없이 책을 읽었다. 그녀는 독일어 소설을 하루에 한 페이지씩 읽는 것으로 독일어 교습을 진행했다. 그들이 최근에 읽고 있는 것은 『눈먼 부엉이』였다.

손가락을 방명록 표지에 댄 채로 생각에 잠겨 있던 아야미는 문득 고개를 들었다. 유리벽 저편에 거무스름한 실루엣이 서 있었다. 그것은 두 손을 유리문에 대고 서 있는 한 남자의 모습이었다. 그녀는 근무 시간이 끝난 다음에도 바로 퇴근하지 않고 극장에 좀더 머물 생각이었으므로 시각장애인 소녀가 나간 후 바로 출입문을 잠가놓았다. 그러므로 설사 그 남자가 안으로 들어오려고 시도했다 하더라도 불가능했을 것이다. 얼마나 오랫동안 남자가 가만히 서서 두 손을 유리에 대고 안을 들여다보고 있었는지는 모른다. 아야미는 문으로 다가가서, 무슨 일이냐고 눈짓으로 물었다. 남자는 그녀의 눈짓을 알아듣지 못하는 듯 가만히 서 있기만 했다.

두 다리는 조금 벌린 채 고개를 떨구고 두 손을 유리문에 기댄 남자의 자세는 어딘지 모르게 온몸으로 기도하는 포즈를 연상시켰다. 아야미는 시선을 아래로 향한 남자의 얼굴을 쳐다보았다. 숱이 많은 남자의 눈썹은 꿈틀대는 두 마리의 거미처럼 검고 진했다. 아야미가 다가오는 것을 발견한 남자가 고개를 조금 들었다. 그 상태로 그들은 놀라울 만큼 아주 가까이서 눈길을 마주한 채 가만히 있었다.

남자는 마른 얼굴에 안와가 동굴처럼 움푹 패었으며 입술이 바삭 말라 있었다. 흰자위를 가로지르는 붉은 실핏줄이 선명하게 보였다. 아침에 면도를 했겠지만 이미 저녁이 가까워진 시간, 그의 턱 주변은 다시 그늘처럼 거무스름하게 변해 있었다. 하지만 강하면서도 지쳐 보인다는 인상을 제외한다면 대체로 평범한 얼굴이었다. 버스나 지하철에서 흔하게 만날 수 있으며 또 실제로 그렇게 흔하게 수시로 만나왔을 얼굴. 남자는 청동으로 만들어진 인물처럼 꼼짝도 하지 않았다. 누군가 다가와서 자신에게 말을 걸 것이라고 전혀 예상하지 않은 듯이, 눈썹 하나도 꼼짝하지 않은 채 자기 자신의 상태에 대해서 스스로 깜짝 놀란 것처럼, 아야미를 뚫어져라 바라보기만 했다.

아야미는 얼어붙었다. 그녀의 두 손이 자신도 모르

게 유리문 저편, 남자의 손을 향해서 올라갔다. 그들의 손이 겹쳐졌다. 당황스러운 떨림이 아야미의 심장을 관통하고 지나갔다. 그녀는 매우 강렬하면서도 정체불명인 어떤 감정에 사로잡히는 자신의 육체를 느꼈다. 의지와 의식을 넘어서는 감정.

나는 감정이다, 하고 그녀 안의 무엇인가가 그녀를 대신하여 속삭이는 것이 들렸다. 나는 오직 감정이다.

무슨 일인가요, 하고 아야미는 입술을 움직여서, 하지만 목소리를 입 밖에 내지는 않으면서 말했다.

그때 갑자기 남자가 입술을 움직였다. 그리고 나직하지만 강한 어조로 말했다. "난 들어가야 한단 말이야! 왜 날 쫓아내는 거지?" 남자는 술에 취한 것 같지는 않았으나 이 순간 눈빛에 갑작스럽고도 기이한 광기가 번득였다. 아야미는 놀라서 자신도 모르게 한 걸음 뒤로 물러났지만 속으로는 어째서 자신이 두터운 유리문 밖, 그다지 크지 않은 남자의 속삭임을 이토록 똑똑하게 알아들을 수 있는지 신기한 생각이 들었다. 그녀는 자신도 모르게 떨리는 목소리로, 극장의 개관 시간이 지났다고 말했다. 남자가 독순술을 아는지, 그건 확신

할 수 없지만 그래도 최대한 똑똑하게 발음하면서, 이제 끝났어요, 끝났다구요, 하고 말했다. 그러자 남자는 주먹을 들어 마치 유리문을 내려칠 것처럼 크게 휘둘렀다. 그리고 여전히 거의 들리지 않는 낮은 목소리로 속삭였다. "가만히 두지 않을 거야, 너희를 모두 죽여버리겠어!"

낯선 남자는 그녀를, 혹은 이 오디오 극장을 다른 어떤 사람이나 장소와 혼동하는 것이 분명했다. 마침내 건물 경비원이 다가와서 끌어낼 때까지 남자는 돌아갈 생각을 하지 않은 채 아야미를 똑바로 노려보며 욕설을 퍼부었다. 흥분한 남자의 눈자위는 전체적으로 시뻘겋게 변했고 심지어 두 눈에서 쏘는 듯한 광채가 났으므로 아야미는 그의 얼굴을 계속해서 마주 볼 수가 없었다. 그녀는 시선을 돌리면서 생각했다. 저 남자는 몇 살일까? 서른두 살? 쉰여섯 살? 그는 원래 태어날 때부터 미쳤을까 아니면 최근에 미치게 된 걸까? 마르고 호리호리한 몸매에 밝은 갈색 상의와 바지, 윗단추를 풀어헤친 체크무늬 셔츠, 헐렁하게 흔들거리는 걸음걸이, 찡그린 표정과 주름진 이마, 그의 온 육체에 새겨진 말없는 불행의 기호들, 실패한 자 특유의 사인(sign)들, 위태롭게 아래위로 움직이는 무거운 목젖, 사막처럼 메마른 청회색 빛 피부, 위험하게 독이 오른 번득이는 눈빛. 아아, 나는 이 남자를 아는가? 아야미는 더 이상 자신의 기억력을 신뢰할 수 없다는 느낌이 들었다.

그리고 남자의 푸른색 운동화. 유리문 너머에서 똑똑하게 보이던 그의 속삭임. 붉은 핏줄이 선명하게 그어진 눈, 말라붙은 입술, 정체가 모호한 어떤 격렬한 감정. 심장을 찢어발기고 와해시키고 산산이 부수는 감정, 그러나 이상하게도 동시에 마음을 한없는 심연 아래로 가라앉게 만드는 감정. 나는 감정이다.

그리고 아무도 주의를 기울이지는 않았지만 무심히 그의 뒤를 지나쳐 가던 푸른색 승용차가 있었다. 운전석에 홀로 타고 있던 중년 여자, 알록달록한 여름 드레스 차림에 수건처럼 보이는 천을 목덜미에 감고 있었다. 그런데 그녀는 한 손으로 귀에 전화기를 대고 통화를 하면서 다른 한 손으로 운전하는 중이다. 그녀는 곁눈질로 힐끗 유리문 앞에서 난동을 피우는 남자를 쳐다보기는 하지만 자신과 상관없는 일이므로 차를 멈추지는 않는다. 새끼 고양이가 든 새장을 들고 지나가던 한 사람이 그녀의 차를 피해 반대편 벽 쪽으로 붙어 선다. 그는 이 골목에서 어느 정도 알려진 전도사인데 행인들의 주머니에 성경 글귀가 적힌 쪽지를 몰래 넣어주는 식으로 전도를 하므로 이미 여러 번이나 소매치기로 오해를 받아 경찰에게 체포되기도 했다. 골목길 끝 신호등 앞에서 대기하면서 운전석의 여자는 핸들에서 잠시 손을 떼고 물병에 든 물을 한 모금 마신다. 여전히 통화를 계속하면서. 자동차의 엔진과 에어컨이 규칙적인 소음을 내면서 작동한다.

"아…… 천천히, 당신, 당신의 바지 속으로 내 손가락들이 미끄러져 들어가요. 내 손가락들은 아직 뜨거워요. 방금 전까지 내 하반신의 축축하게 부풀어 오른 입술 사이에 박혀 있었거든요. 나의 그곳은 따뜻한 복숭아 시럽에 흠뻑 젖었어요. 당신 바지 벨트를 풀어요. 가만, 바지를 완전히 벗지는 마세요. 아직 내가 당신 성기를 느끼기만 하고 볼 수는 없게 그대로 있어요. 그대로 가만히 있어요…… 느리게 해요…… 눈을 감고 상상해

봐요…… 당신의 음란한 여자 노예가 당신 눈앞에 무릎을 꿇고 앉아 있는 것을."

그리고 살짝 가벼운 신음 소리. 여자는 운전을 하면서 폰섹스를 하고 있다. 그렇게 집중력이 최대로 필요한 일을 두 가지나 동시에 하고 있는 여자를 아야미는 감탄하면서 지켜보았다. 하지만 본격적으로 달아오르게 된 여자가 갑자기 매우 외설적인 어휘를 쏟아낼 것이 두려워진 아야미는 고개를 돌려버렸다. 두 명의 경비원이 남자의 팔을 잡고 주차장 밖으로 끌어내고 있었다.

남자의 모습이 보이지 않게 된 다음에도 아야미는 한동안 그 자리에 못 박인 듯 서 있었다.

전화벨이 울렸다. 도서실의 전화였다.

전화를 건 사람은 독일어 선생이었다. 아야미는 건강은 어떠냐고 물었다.

"약을 먹고 있어요, 아주 많이." 독일어 선생은 말했다. "사실은 운이 좋게도 병원에서 주관하는 새로운 신약 실험 대상에 포함되었기 때문에, 약값 부담은 거의 없답니다. 아직까진 부작용이라고 할 만한 것도 없어요. 요즘 들어서 잠이 좀 많아진 걸 제외하면요."

아야미는 어째서 자신이 수화기 저 너머 보이지 않는 대상의 입술까지도 읽을 수 있다는 착각을 하는 걸까 이상하게 생각했다. 그러나 순간 조금 전의 미친 남자가 누구인지 떠올랐으므로 그 이상한 생각은 곧 사라져 버렸다.

"그 사람이 여길 찾아왔어요" 하고 아야미는 말했다.

"그 사람이라니, 누구?"

"그 남자, 선생님의 집에서 종종 마주치던 외판원요……."

"눈먼 부엉이, 그 남자는 외판원이 아니에요. 그리고 그가 당신을 좋아하는 것 같다고 내가 말했잖아요!" 독일어 선생은 대개 교재로 읽고 있는 소설에 등장하는 이름으로 아야미를 불렀다. 그 이유는 아야미의 본명이 너무나 기묘하여 자신의 마음에 들지 않기 때문에, 그리고 심지어 불쾌감을 유발하기까지 하므로 가능하면 그 이름을 발음하고 싶지 않아서라고 솔직하게 밝힌 적이 있었다. 또한 마찬가지 이유로 자신의 이름도 부르지 말라고 부탁했다.

"무슨 일이 있어도 당신을 절대 아야미라고 부르고 싶지 않아요. 그리고 무슨 일이 있어도 나는 여니라고 불리고 싶지 않아요" 하고 독일어 선생은 말하곤 했다.

"눈먼 부엉이, 당신은 젊을 뿐 아니라 아름답기까지 한 여자야. 그래서 그 남자가 당신을 만나러 찾아간 모양인데…… 사람이 사람을 그리워하는 건 이상한 일이 아니지요. 그가 꽃이라도 사 왔던가요?"

"그게 아니라, 아주 정반대의 모습이었어요. 나를…… 아니, 우리를 죽여버릴 거라고 위협을 퍼붓고……."

"그건 당신이 잘못 들은 거겠지. 아니면 농담인데 오해했거나." 독일어 선생은 아야미의 말을 상냥하게 잘 랐다. 아야미는 수화기를 옮겨쥐었다.

"잘못 들은 게 아니에요. 유리문 밖에서 한참을 떠들었어요. 물론 난 문은 열어주지 않았지만. 그리고 죽여버릴 거라는 농담을 하는 사람도 있나요?"

"그 남자 좀 엉뚱하기는 했어요……. 하지만 폭력적인 사람은 아니에요……. 게다가 아무 이유 없이는 더더욱 그럴 리가 없잖아요. 그런데 문을 열어주지도 않았다면서 어떻게 그 사람의 말을 다 알아들었다는 거지요?"

"그냥, 그냥 알아들었어요. 그렇게 말하는 것처럼 보였고, 또 분명히 듣기도 했으니까요."

"글쎄, 그게 가능할까요."

"정신이 없어서 정확히 기억나진 않지만, 난 독순술을 배웠거든요. 그래서 소리를 알아들은 거라고 생각해버렸나 봐요. 우리가 그를 독일어 교습에 받아들이지 않아서 화가 단단히 난 것일까요?"

"지금 생각이 났는데 언젠가 그 남자가 말하기를, 당신과 자신이 오래전부터 아는 사이라고 했어요. 그것도 아주 긴 시간 동안."

"그건 사실이 아니에요."

"그렇지만 난 그렇게 들었는데…… 적어도 내 기억이 맞다면. 단순히 서로 아는 정도가 아니라 그보다 더…… 일종의 친밀한, 그런 관계라는 말도 한 것 같아요. 그것도 보통 이상의 수준으로, 보통 이상의 아주 긴 시간 동안. 혹시 알약의 부작용 때문에 생긴 잘못된 기억이 아니라면 말이죠."

독일어 선생은 어떤 의미인지는 알 수 없지만 짧게

한숨을 내쉬었다. 그런데 어째서 수화기 저 너머 보이지 않는 대상의 입술까지도 읽을 수 있다는 착각이 드는 걸까.

"하여간 당신이 퇴근하지 않았을 거라고 생각했어요." 독일어 선생은 다시 처음의 대사로 돌아왔다. "당신이 내 부탁 하나 들어줄 수 있을까 해서 전화했어요."

아야미는 자신이 할 수 있는 것이면 들어주겠다고 대답했다.

"혹시 오늘 밤과 내일 아침 사이에 시간이 난다면 나를 도와줄 수 있는지?"

무슨 일이냐고 아야미가 물었다.

"새벽에 공항에 도착하는 사람이 있어요. 그 사람을 마중 나가줄 수 있을까요? 눈먼 부엉이, 당신 말고는 부탁할 사람이 없어요. 그 사람은 한국이 처음이랍니다." 독일어 선생은 갑자기 매우 진지한 목소리로 말했다.

방명록의 기록들은 특별한 것이 없었지만, 누군가가—방명록이 다 채워진 것도 아닌데—가장 마지막 페이지에 그림을 그려놓았다. 그것은 몇 개의 선으로 이루어진 연필 스케치였다. 작고 몸체가 낮으며 단순한 형체에 길쭉하고 날렵한 조각배. 한 명의 사공이 배 위에서 꼿꼿한 자세로 서 있었다. 그것은 사실적인 묘사라기보다는 마치 무슨 기호처럼 간략하게 정형화시킨 상징에 가까웠지만 능숙한 솜씨와 함께 모종의 위엄까지 느껴졌다. 사공은 여자처럼 보였다. 그러나 머리칼이 길고 몸매가 호리호리한 남자일 수도 있다. 어쩌면 그(녀)는 사공이 아니라 그냥 우연히 배 위에 서 있게 된 사람일지도 모른다. 왜냐하면 손에 들고 있는 것이 노가 아니라 한 마리 새였기 때문이다.

블라인드 사이로 들어온 맑고 환한 한여름 저녁의 어둠이 극장 안에 서서히 고이고 있었다.

아야미는 자리에서 일어서서, 마치 수영을 처음 배우던 그때 물속을 조심스럽게, 하지만 서툴게 헤쳐가던 몸짓으로, 두 팔을 벌리고 손가락을 모은 채 반쯤은 물고기처럼, 반쯤은 해초처럼 몸을 너울거리며 공연장의 무대를 가로질러 갔다. 사실 공연장에는 무대라고 부를 만한 공간이 따로 없다. 오디오 시설 앞에 작은 일인용 탁자가 놓였지만 그곳은 간혹 초대 손님이 나와

서 오디오극에 대한 특별한 해설을 할 때나 필요할 뿐
이었다. 아야미가 하는 일은 공연장 입구에 뻣뻣하게
선 채 그날 공연의 제목과 작가를 말해주고는 '자 그럼
이제 오디오극을 시작하겠습니다' 하고 안내하는 것이
전부였다.

자 그럼 이제 오디오극을 시작하겠습니다.

무대(라고 부를 수 있는 유일한 작은 공간, 일인용 탁자
앞) 위의 아야미가 몸을 옆으로 하고 팔을 양쪽으로 뻗
은 채 누워 있다. 빈 객석이 그녀를 지켜본다. 그녀는
꼼짝도 하지 않는다. 그녀의 눈꺼풀은 동공을, 머리칼
은 얼굴을 덮고 있다. 그녀는 죽은 것인가? 숨겨진 라
디오의 스피커에서는 다시 속삭이는 목소리가 흘러나
온다.

뱃사람을. 위한. 일기예보. 바다. 남동풍. 파고. 2.5미
터. 먼 바다. 남서풍. 구름. 조금. 남쪽. 희박한. 무지개.
특정. 장소. 소나기. 우박. 북동풍. 2. 35. 7. 81……

저녁 여덟시에 아야미는 근처의 한 식당에서 누군가
를 만날 약속을 했고, 그 사실을 다른 누군가 일깨워준
것도 아닌데 스스로 기억해냈으므로 가상의 죽음에서

깨어난다.

아야미가 '보이지 않는 식당'에 도착한 것은 정각 여덟시였다. 해가 졌지만 아직 완전히 어두워지지는 않았다. 태양과 밤 사이에 자리한 그림자의 시간이었다. 눈을 찌르는 상점의 불빛들이 폭도처럼 번쩍거리며 거리를 채우고 있었다. 아야미의 몸은 냉방 시설이 된 지하철 역사 안에서 차갑게 얼어붙었다가 지상으로 올라오자 금세 열병에 걸린 듯 후끈거렸다. 막 형성되기 시작한 구름이 재의 덩어리처럼 하늘에 뭉쳐 있었다. '보이지 않는 식당'이 자리한 아주 좁다란 골목, 자동차도 진입하지 못하는 좁고 긴 골목으로 접어들자 열기의 농도는 급속도로 높아졌다.

식당 안으로 들어서서 처음 나타나는 공간은 환하고 밝은 대기실이고 바(bar)와 연결되어 있다. 바에서는 잔잔한 음악이 흘러나왔다. 사람들은 우선 대기실에서 예약을 확인한 후, 주문할 메뉴를 선택해야만 했다. 카운터에 있는 직원이 주문을 받고 주방에 알려주는 식이었다. 그리고 식사를 하기 전에 바에서 음료수를 마시며 기다릴 수도 있고 두터운 겉옷이나 가방을 사물함에 보관할 수도 있었다. 식당 내부에서는 그런 물건들이 자신과 타인의 방해가 될 수 있기 때문이다. 식당 안으로 통하는 나무문은 닫혀 있었다. 주문을 마친 다음 그 문을 통과하여 식당 내부로 들어가게 된다. 그 문 앞에 서면 대개의 사람들은 인정하긴 싫어도 긴장하는 자신을 느꼈다. 어떤 사람은 두려워서 눈물을 흘리기조차 했다. 그것은 다른 세계, 즉 완전히 다른 감각의 세계로 향하는 문이었기 때문이다.

그런데 식당 안으로 들어서기 이전에 반드시 명심해야 할 두 가지 규칙이 있다. 첫째, 모든 종류의 조명이 가능한 도구—손전등, 라이터, 성냥은 물론 휴대전화를 비롯하여 발광 장치가 있는 액정 화면, 컴퓨터, 빛을 일으키는 담배 등의 흡연 도구나 불을 붙일 수 있는 향조차도—의 사용은 무조건 터부(taboo)이다. 둘째, 식당 내부에서는 임의로 일어서서 돌아다니면 안 된다. 그러다가는 다른 손님들과 부딪히거나 서빙하는 직원들을 방해할 것이기 때문이다. 중간에 담배를 피우고 싶다거나 화장실을 가야만 할 때는 항상 가까이서 대기하고 있는 가이드를 부르면 된다. 그가 손님들을 안내할 것이다.

아야미의 일행은 이미 도착해서 식당 안에 있다고 했다. 아야미는 식당 안으로 들어섰다. 문을 열자 먹물처럼 새까만 어둠이 와락 시야를 덮쳤다. 어둠은 실제로 물리적인 용적을 가졌고, 그 용적의 덩어리가 말 그대로 눈앞으로 밀려온다. 그래서 이처럼 절대적인 어둠 속에서는 몸을 움직이는 것이 천배는 더 힘들다. 무거운 어둠을 스스로의 몸으로 밀어내면서 발걸음을 옮겨야 하기 때문이다. 어둠 속 실내는 일반 식당과 다름없이 에어컨이 돌아가는 소리, 밥을 먹는 사람들의 두런거림과 웃음소리, 식기가 부딪히는 소리들이 낮게 들려왔지만 아무것도 보이지는 않았다. 암흑 그 자체였다. 영화가 시작된 극장에 들어설 때는 스크린에서 뿜어져 나오는 광선이나 바닥의 야광 안내선이라도 있기 마련이지만 이곳은 아니다. 눈꺼풀보다 더 어두운, 사다리를 타고 기어 올라가야겠다는 마음이 드는, 눈앞에 까마득하게 솟은 석탄의 절벽, 절대적인 암흑뿐이었다.

"김아야미 씨인가요?"

소녀처럼 젊은 여자 가이드의 목소리가 귓가에서 들렸다. 아야미는 그렇다고 말했다. 그러자 가이드가 아야미의 손목을 살짝 잡았다. 가이드의 손이 아야미의 손등을 스치듯이 만졌고 가운뎃손가락이 그녀의 손목 안쪽 어느 특정 부위를 마치 맥박을 측정하려는 행위인 양 한동안 지그시 눌렀다. 가이드 소녀의 몸에서는 거칠게 물 먹인 무명천 냄새가 났다. 이곳에서 일하는 가이드나 서빙 직원들은 장님이거나 심각한 시력 장애를 갖고 있어서 앞을 거의 보지 못하는 사람들이었다. 그들에게는 식당 내부나 바깥이나 근본적으로 다르지 않았다. 아야미는 가이드 소녀가 이끄는 대로 자신의 식탁으로 다가가 의자에 앉았다.

"오늘의 공연은 〈눈먼 부엉이〉였답니다" 하고 아야미가 먼저 입을 열었다.

"알고 있습니다. 이번 주 내내 같은 공연이었잖아요." 극장장의 목소리가 대답했다. 그 목소리는 약간 메마르게 갈라졌으며 억양이 균일하지 않았다. 그것은 적어도 배우의 목소리는 아니었다.

"고등학생들이 인솔 교사와 함께 왔어요. 다음 주까지 오디오 공연 감상문을 써내야 한다더군요." 아야미가 말했다. 어둠 속에서 아야미의 목소리는 빛 속에서보다 더욱 압도적인 정체성을 노출했다. 그것은 육체를 가진 목소리였다. 사람들은 마치 태양 아래서 외모가 아름다운 여인에게로 시선이 가듯이 어둠 속에서 자신도 모르게 아야미의 목소리에 귀를 기울이게 되었다. 그들은 잠시 동안 물끄러미 바라보는 서로의 시선을 피부에 느끼면서 스스로 그런 느낌을 신기하게 받아들였다. 가이드 소녀가 수프와 빵 바구니를 가지고 왔다. 따뜻한 빵 냄새가 났다. 그들은 식당을 처음 방문한 손님은 아니지만 소녀는 규정에 따라 그들에게 테이블 세팅의 위치를 설명해주었다.

"접시는 손님의 정면에 있습니다. 포크는 왼쪽, 냅킨과 나이프는 오른쪽이에요. 물잔과 음료수는 한시 방향, 빵 바구니는 열한시 방향입니다. 음료수 잔은 매끈하고 물잔에는 표면에 물결무늬가 있어요. 그리고 스푼은 열두시 방향 정각에 놓였습니다."

"어둠 속에서는 늘 스푼을 필요 이상으로 힘주어 쥐

게 되는데, 여전히 그 습관이 버려지지 않는군요." 소녀가 가고 나자 극장장의 목소리가 이렇게 말하며 웃었다. 그리고 다시 물었다. "오늘 극장의 마감은 어땠습니까?"

"무사히 잘 끝났어요."

"그거 다행이로군요. 별다른 일은 없구요?"

아야미는 극장 문 앞에서 난동을 부렸던 남자를 떠올렸으나 그 일은 그다지 중요하지 않다고 생각했으므로 말하지 않는 편을 택했다.

"난 스푼을 힘주어 쥐지는 않지만…… 이곳에서는 당신의 입술을 읽을 수 없다는 것이 낯설어요."

"당신은 대개 듣기보다는 주로 입술을 먼저 읽는군요."

"그런데 종종 보지 않고도 읽는 경우가 생긴답니다. 이해할 수 없는 일이긴 하지만요."

"감각이 착각을 일으키는 걸까요?" 극장장은 잠시 사이를 두더니 진지해진 목소리로 물었다.

"그런데…… 아야미 당신은 앞으로 어떻게 할 건가요? 무슨 계획을 가지고 있습니까?"

"아직은 구체적인 건 없어요. 여러 군데 시도를 해보기는 했지만 아직 긍정적인 답변을 듣지 못했어요."

"내 말대로, 재단에 편지를 보냈나요?" 극장장은 좀 더 직접적으로 물어왔다.

"아니요." 아야미는 고개를 저었으나, 곧 그럴 필요가 없다는 것을 깨닫고 동작을 멈추었다.

"너무 늦기 전에 그렇게 해보는 것도 도움이 될 겁니다. 진심이에요. 당신은 재능 있는 젊은 배우고 또 우리 극장에서 오랜 시간 동안 훌륭하게 일을 해주었으니 재단의 문화예술팀에서 새 사업을 벌인다면 분명 기회를 얻을 겁니다."

"난 이미 이 년 전부터 배우가 아닌걸요." 아야미는 웃으면서 가볍게 대꾸했다. "그리고 내가 극장에서 한 일은 무대예술과는 사실상 관련이 없고 누구나 할 수 있는 단순한 업무였다는 걸 누구보다도 당신이 잘 알잖아요."

"한번 배우는 영원한 배우지요. 설사 일거리를 얻지 못해서 다른 직업으로 생계를 유지한다고 해도 그 사실은 달라지지 않을 겁니다. 왜냐하면, 내 생각에 그런 직업은 소명이지 일자리를 의미하는 것은 아닐 테니까요. 그렇지 않은가요?"

"하지만 그건 영혼을 유지하고 있을 때의 이야기죠……."

"누구나 영혼은 있지 않겠습니까……."

"그런데, 그게 무엇의 영혼일까요……?"

애피타이저가 나왔다. 아야미는 자신이 먹는 것이 절인 고추, 말린 조개, 그리고 싱싱한 파프리카라고 생각했다. 그들은 잠시 동안 말없이 느리게 씹는 데만 열중했다.

"일단은 임시로 하는 일거리를 찾아볼 생각이에요." 아야미가 입을 열었다.

"임시로 하는 것? 시간제 아르바이트를 말하는 겁니까?"

"네, 그래요."

"다시 식당에서 일할 생각인가요?" 극장장이 미심쩍어하면서 물었다.

"그럴 수도 있지만, 당장은 아녜요. 지난주에는 대학 행정실의 기간제 일자리 면접을 보았는데, 아직 아무

연락이 없는 걸로 보아 부정적이네요. 그런데 나오기 전에 독일어 선생님으로부터 어떤 부탁을 받았는데, 어쩌면 한국을 처음으로 방문한다는 어떤 시인의 통역과 비서 일을 맡게 될지도 몰라서요. 하지만 아직 확실하지는 않아요. 일단은 그 시인이 와서 최종 결정을 내릴 테니까요."

"나도 들은 기억이 납니다. 통역해줄 사람이 필요하다고 말한 것 같군요."

"하지만 나는…… 내가 통역을 할 수 있을 것 같지는 않아서 처음에는 거절했는데, 회의 통역이 아니니 상관없다고 하더군요. 그를 위해서 숙소를 구해주고, 그가 원하는 장소를 물색해주는 일을 하면 된다고 했어요."

"그 외국 시인은 한국에 무슨 일로 오는 거지요?"

"글을 쓰러 온다고 하더군요."

"그런데 왜 하필이면 한국에?"

"나도 그 점을 물어보았는데, 단지 '우연히' 한국을 선택했다는 말밖에 듣지 못했어요. 공식적인 행사가 있는 것도 아니고 또 그가 온다는 사실을 아는 다른 사람은 아무도 없다더군요."

"그렇다면, 어쩌면, 여니를 만나러 오는 걸 수도 있겠네요. 개인적인 방문 말입니다."

"처음엔 나도 그렇게 생각했어요……. 하지만 만약 그런 거라면 왜 독일어 선생님이, 여니가 나에게 그의 수행을 전적으로 맡기는 걸까요?"

"여니는 아마 조만간에 화학 요법 치료에 들어갈 겁니다."

"알약만 복용한다고 들었는데요!"

"그다지 큰 효과가 없었을 테죠."

"신약 실험이라고 해서, 아주 효과가 좋은 신약을 복용할 수 있어서 다행이라고 말했어요!"

"그 신약에 대해서 구체적인 말을 해주던가요?"

"아뇨." 아야미는 다시 한번 더 쓸데없이 고개를 강하게 저었다. "비밀이라고 했어요. 제품이 시장에 발표될 때까지 모든 비밀을 철저히 지킨다는 서약서에 서명을 했다고 해요. 부작용에 대한 어떤 책임도 묻지 않는다는 서약과 함께. 사실은 나에게 이런 말도 해주면 안 되는 거라면서."

"하여간 여니가 화학 요법 치료에 들어간다면 누군

가를 만나서 돌아다닐 상황은 아닐 겁니다."

"그럴지도 몰라요. 하지만 그 시인은 이곳에서 글을 쓸 거라고 했으니, 아마 바로 떠나지는 않을 거예요."

"그렇다면……."

"그렇다면 언젠가는 여니를 만나게 될지도 모르죠."

"내가 알기로, 여니는 오래전 유학 시절에 어떤 유명 작가의 임시 비서로 일했던 적이 있습니다. 한국에 관해서 글을 쓰고 싶어 하는 작가를 위해서 자료를 모으고 번역해주는 일이었죠. 작가가 생각을 바꾸는 바람에 그 소설은 완성되지 못하고 말았지만. 꽤 유명한 편이었던 그 작가는 새로운 책을 쓸 때마다 그때그때 테마에 맞는 단기 임시 비서를 새로 뽑아 들이곤 했죠."

"그렇군요, 임시 비서, 그게 바로 내가 하게 될 일의 올바른 이름일지도 모르겠네요. 하지만 나는 특별한 테마 따위는 갖고 있지 못해요."

"그 점이야 작가가 생각할 문제겠지요. 그러면 언제부터 임시 비서로 일하는 겁니까?"

"내일 이른 아침, 정확히 말해서 오늘 밤이 새기 전에 그 일을 시작하게 될 거예요. 공항으로 출발해야 하니까."

"사실은, 나도 오늘 시인을 만났답니다. 생각해보니 좀 기묘한 우연이기는 하군요" 하고 극장장이 화제를 돌렸다. "정확히 말하면 '시인들'을 만났다고 해야겠지만."

"오늘 재단에서?"

"그렇습니다. 오늘 재단에서." 극장장은 아마 고개를 끄덕였을지도 몰랐다. "어쩌면 이미 알고 있을지도 모르겠지만, 얼마 전에 재단은 시인들을 후원하는 제도를 마련했거든요. 그 행사가 오늘 있었지요. 난 그 행사와 관련은 없지만 재단 예술팀 사람을 만나기 위해 갔다가 우연히 행사를 목격한 거죠."

"그런 일이 있는 줄 몰랐어요."

"당신도 알고 있을 거라고 생각했는데……."

"그건 내 일과 아무런 관련이 없는데 어떻게 내가 알수가 있나요? 그리고 나는 재단에 아는 사람도 없고 거기에 가본 적조차 없는데."

"참, 그렇다고 들었는데 내가 깜박했군요."

"그래서, 그 시인들은 비서를 동행하고 왔나요?"

"비서라구요!" 극장장은 순간 크게 소리쳤다. 그것은 차가운 웃음처럼 들렸다. 그때 메인 요리가 도착했다. 양고기 스테이크의 진한 냄새가 아야미의 코끝을 자극했다.

"비서라니!" 하고 극장장은 다시 한번 더 반복했다. 그는 달그락 소리를 내며 나이프와 포크로 조심스럽게 생선을 건드렸다. 뼈가 있을까 봐 두려워하는 기색이 느껴졌다.

"들어봐요, 아야미. 난 지금껏 시인들이 그렇게 많이 모인 장소는 한 번도 가보지 못했어요. 그럴 일이 없었으니까. 물론 몇몇 유명 작가의 얼굴을 어깨 너머로 보기는 했죠. 낭독회나 강연회 등에서요. 신문에서는 아마 더 자주 봤을 겁니다. 그리고 유학 시절에는 유럽을 방문한 고은 시인과 우연히 몇 마디 대화를 나눈 적도 있답니다. 물론 고은 시인은 기억하지 못하겠지만."

"고은 시인은 비서와 함께 있었나요?"

"그에게 비서가 있는지 없는지는 잘 모르겠지만, 그때 그의 곁에 서 있던 사람은 비서가 아니라 그의 부인이라고 들었습니다." 극장장은 좀 퉁명스럽게 대꾸했다. "그런데 오늘 난 시인들이 한 장소에 모여 있는 것을 보게 된 겁니다. 그것도 수십 명이나 한꺼번에. 처음에 나는 그들이 시인이라고는 생각하지 못했습니다. 왜냐하면 그중에서 절반 이상이…… 표현이 쉽지는 않지만, 하여간, 개인적으로 받은 인상이, 그들 중 절반 이상은, 사실은 대다수가, 설사 거리에서 그들이 나에게 다가와서, 아이엠에프 이후로 몰락해버린 자영업자인데, 가족도 없고 집도 없다, 너무나 배가 고프니 밥을 사먹을 수 있게 돈을 좀 줄 수 있겠느냐고 물어온다고 해도 크게 놀랍지 않을, 그런 모양새를 하고 있었으니까요. 아니 모양새가 아니라, 그런 느낌을 유발하는 육체적 조형을 갖고 있었다고 말하는 편이 정확할 겁니다."

"설마 그럴 리가요."

"사실입니다, 적어도 내 눈에 들어온 인상을 솔직히 털어놓자면 그래요."

"그러면 오늘 재단에 모인 사람들이, 그러니까 일종의, 히피 시인들이란 말인가요?"

"히피 시인이란 그룹이 따로 있다는 말은 들어보지 못했습니다. 그리고 요즘에도 문학에 그런 사조가 남아 있는지 모르겠습니다. 그들은 무슨 시를 쓰는지는 알 수 없지만, 그래요, 보기에 따라서는 그들은 그냥 평범하고 일반적인 시인일 수도 있겠지요."

"나는 간혹, 덜 점잖은 옷차림을 할 때가 있어요……. 근무가 없이 쉬는 날에는…… 찢어진 청바지라든가 목이 늘어난 허름한 티셔츠 같은 거요."

"아야미, 난 그런 구체적인 요소들을 말하는 게 아닙니다!"

"그러면 시인들이란 원래 시민적인 외형에 신경 쓰지 않아서일까요? 난 예전 극단의 극작가를 제외하고는 개인적으로 작가라는 사람을 알고 있지는 못해요. 그리고 극단의 극작가는 항상 평범한 청바지에 티셔츠 차림이어서 배우들과 다른 점이 전혀 없었지요. 그런데 사실상 그는 극작가일 뿐만 아니라 극단의 배우이자 연출가이기도 했답니다. 그는 심지어 머리도 길지 않았어요. 배우들보다 더 길지는 않았다는 뜻이에요. 하여간 그는 우리들과 전혀 다르지 않았으니까요. 하지만 책이나 영화에서 본 바에 의하면 매우 독특한 개성을 옷차림으로 표현하는 예술가들도 충분히 있을 테니까, 그런 인상을 받는 것도 이해할 수 있겠다는 생각이 들어요."

"아뇨, 아야미, 내 말을 오해하고 있군요. 이미 말했듯이 차림새에 관한 문제가 아닙니다. 그들은 아주 보수적인, 말하자면 아주 시민적인 옷차림을 시도하고 있었죠. 그리고 대부분 실제로 그런대로 성공하기도 했구요."

"그렇다면 뭐가 문제라는 거죠?"

"글쎄요…… 뇌리에 깊이 박힌 인상을 한두 마디의 어휘로 표현해내는 것은 바로 그들의 일이겠죠. 시인들 말입니다. 유감이지만 나는 그런 재능을 타고나지 못했습니다. 그래도 노력을 해보죠. 일단, 첫눈에 보았을 때 그들은 거의 예외 없이 늙고 음울하며 회색빛 형상을 하고 있었던 것으로 기억합니다. 그것도 깜짝 놀랄 만큼 심한 정도로요. 형상뿐 아니라 그들의 육체에서 흘러나오는 감정의 입자들이 그러했어요. 심지어는 그들이 모인 강당의 전등 빛조차도 그들의 기세에 눌려 갑자기 우중충하게 흐려지는 듯했으니까요. 실제로 그들의 생물학적 나이가 많았는지 어떤지 그건 기억나지 않아요. 기억나는 것은 색이 바랜 회색빛 머리칼과 꼽추처럼 구부정한 등, 기운이 떨어진 목덜미, 사방에서 번득이는 근시의 안경알들, 코를 찌르는 싸구려 섬유의 냄새, 피곤으로 충혈된 눈동자, 인조 가죽 가방, 오랜 시간 동안 좌절과 서글픔을 억누르는 모양새로 굳어진 안면 근육, 게다가 선천적으로 타고난 흉함, 예외 없이 평균 이하로 왜소하거나 뚱뚱한 육체, 가난을 상징하는 모든 종류의 외모들, 구두 속에서 터질 듯이 부은 발, 좁고 처진 어깨, 허름한 입술 끝에 매달린 침방울…… 그래요 그들은, 그들은 마치 죽은 사람들 같았습니다!"

"만약에 내가 시인이 되었다면……." 아야미가 생각에 잠긴 목소리로 입을 열었다. "만약에 그랬다면…… 물론 나는 절대 그렇게 될 수 없었을 것이고 또 그럴 만한 능력도 의사도 갖지 못했지만, 그래도 만약에 내가 시인이라면, 설사 내 외모가 지금과 전혀 다르지 않다고 해도, 당신이 오늘 만났던 그런 모습으로 보였을지 몰라요. 그러면 당신은 나를, 흉측한 외모를 가진 여자, 얼굴이 얽은, 아무에게서도 사랑을 받지 못한, 그래서 살아 있어도 죽은 것 같은 그런 여자가 되어 그 부정적인 에너지로 시를 쓰는 사람이라고 묘사했을 테구요."

"아야미, 내 말을 오해하는군요. 그래요, 분명 위험한 오해의 소지가 있는 건 맞아요……. 그런데, 이건 당신과는 아무런 상관이 없는 일이잖아요. 무엇보다도 당신은 시인이 아니에요. 그들과 자신을 동일시할 필요가 없어요. 당신은 아직 젊고, 건강하고 아름다운 데다가 미래는 당신에게 속해 있는데, 왜 그토록 섬뜩한 대입을 하는 겁니까?"

"난 그 정도로 젊지는 않아요. 전혀 아름답지도 않구요. 그리고 미래가 나에게 속해 있다니, 그건 시의 한 구절인가요? 너무나 낯설게 들리네요."

"아야미, 직장 문제는 너무 걱정할 필요는 없어요. 당신이 그럴 의지만 있다면 시간이 걸리더라도 구하게 될 겁니다……. 내 말대로 재단에 편지를 써보세요. 분명 어떤 회답을 받을 겁니다."

"직장 때문에 고민에 빠져서 비관하는 게 아니에요. 그냥 문득 떠오른 생각일 뿐이에요. 사실 선생님이…… 독일어 선생님이 아파서 교습을 중단한 다음부터는 문득문득 이상하게 우울해지는 것도 사실이지만."

"여니는 나을 겁니다. 건강해질 거예요."

"왜 처음부터 정식 치료가 아닌 정체가 알려지지 않은 시험용 알약을 먹었을까요?"

"그편이 효력이 있을 거라고 믿었겠지요. 그리고 무엇보다도 비용이 전혀 들지 않고."

"그리고 그 자리에서 우연히 알게 된 '김철썩'이라는 시인이 나에게 시집을 선물하더군요."

극장장이 잠시 사이를 두고 아야미에게 말했다.

"'김철석'요?"

"아뇨, 철썩, 김철썩."

"설마 본명은 아니겠지요?"

"나도 그렇게 물었더니 자신이 만든 필명이라고 했어요."

"왜 그런 이름을 지었는지도 설명하던가요?"

"자신의 관 위로 흙을 퍼붓는 소리랍니다."

아야미는 웃지 않았다. 그녀는 말없이 조심스럽게 포크로 접시를 더듬다가 마지막 양고기 조각을 입에 넣었다.

"그는 이런 말도 하더군요. 자신은 타인을 설득하는 일에 한 번도 성공해본 적이 없는 사람이라고." 극장장의 목소리가 이어졌다. "그래서 항상 뭔가 말을 걸면, 그 대답으로 세상은 흙을 한 삽 떠서 그의 무덤에 퍼부었다는 거지요. 그래서 자신은 깊이깊이 묻히게 되었다고, 그렇게 말한 다음 그는 염소처럼 매에거리며 길게 웃었습니다."

가이드 소녀가 소리 없이 다가와 디저트를 내올까요, 하고 물었다. 아야미는 호두 아이스크림을 먹겠다고 했고 극장장은 커피만을 원했다. 실내를 채우고 있던 에어컨 소리가 문득 그쳤다. 그러자 일 분도 되지 않아서 숨 막히는 열기의 입자가 그들의 피부에 무겁게 달라붙었다. 아야미의 귀 뒤로 땀방울이 맺히더니 목덜미를 타고 주르륵 흘러내리는 것이 느껴졌다.

"순간적인 정전이었어요. 전력 사용량이 갑자기 과도해지는 바람에 그랬다는군요." 잠시 후 에어컨이 다시 돌아가는 소리가 들려올 때 누군가가 지나가면서 이렇게 말하고 있었다.

"그것이 그의 마지막 말이었습니다" 하고 극장장이 이어서 말했다.

"그 말이 끝나고 내가 강당을 빠져나가는데, 내 등 뒤로, 알 수 없는 어떤 손 하나가 그때까지 열려 있던 강당의 문을 탁 닫는 겁니다. 그런데 문이 완전히 닫히기 전에 나는 강당의 불이 꺼져버렸다는 느낌을 받았습니다. 아니 더 정확히는 강당 자체가 사라져버렸다는 느낌이죠……. 설명할 수 없는 일이긴 하지만…… 어쩌면 그들은 영사기를 통해 어떤 자료 필름을 보려고 한 것일 수도 있지만…… 막 뒤편으로 사라지듯이, 흐릿하게 그늘 속으로 스윽 흡수되어버리던, 수상한 체취를 풍기는 말없는 늙은 시인의 사회, 아무도 내 뒷모습을 돌아보지도 않고, 나는 누군가 손바닥을 탁 치는 순간 그대로 형체가 꺼져버리는 입체 영상들 사이에 앉아서 홀로 대화를 나누었던 걸까요? 이런 불명확한 생각의 잔영이 내가 강당을 나온 다음에도 이상하게 내 머릿속에서 쉽게 사라지지 않는 겁니다."

"김철썩 시인은 어떤 시를 썼나요?"

"그건 모르겠어요. 왜냐하면 그만 회의실 안에 시집

을 두고 나왔으니까요. 이 식당에 도착한 다음에야 알아차렸습니다." 극장장의 목소리는 한숨처럼 들렸지만 시집 때문에 아쉬워하는 것은 아닌 듯했다. "회의실에서 나와 보니 단 한 번도 타인을 설득하는 데 성공하지 못한 자들을 위한 후원 모임은 이미 오래전에 끝난 듯했고, 강당은 말끔하게 비워져 있더군요. 그런데 나는 오래오래 강당 앞을 떠나지 못하고 서 있었습니다."

"왜 그랬나요?"

"그건 바로 내가, 그들을 처음에 한심하게 바라보았던 나 자신이야말로 타인을 설득하는 데 항상 실패해온 한심한 자라는 사실을 불현듯 깨달았기 때문입니다. 나는 곧 그들이었던 셈이죠. 나는 그날 잘못된 자리에 잘못된 사람들과 함께 앉아 있었던 것이 아니에요. 그들이 곧 나 자신의 환영이었으므로, 혐오하는 것 말고 나에게 다른 대책이 남아 있지 않았던 겁니다. 나는 스스로의 유령, 아마도 내 미래의 유령과 이야기를 나눈 겁니다. 그리고 나중에야 그 사실을 알아차린 것이구요."

"그렇게 중요한 요소인가요……? 타인을 설득한다

는 것이?"

"얼마나 중요한지에 대해서는 각자 다른 판단을 갖고 있겠지만, 그 사실 자체는 자명하게만 보였답니다."

"그것은 아마도…… 시적인 표현이 아니었을까요? 사람들이 메타포라고 부르는 것, 아마도 형이상학적인 표현이라고 말하는 것. 예를 들자면, 우리 주변의 허공을 고요히 날아다니는 막스 에른스트의 오브제 같은 어휘들. 실제의 옷을 입은 추상의 사물들. 어휘와 이미지 간의 간극처럼, 우리는 여기에 있지만 우리의 유령은 아마도 지금 어딘가의 북쪽 사막을 서성이고 있을지도 모르는 것처럼. 어쩌면 그건 언어 자체가 말하는 것만큼 의미가 크지는 않을 거예요. 타인을 설득할 수 있거나 혹은 설득하지 못한다는 것이…… 타인에게서 인정과 사랑을 받는 사람과 그렇지 못한 사람의 차이가, 말과 개념의 세계에서 중요한 것처럼 자아의 세계에서도 과연 그만큼 결정적일까요……. 왜냐하면……."

"왜냐하면?"

"당신이 말한 대로 우리는 시인이 아니니까요. 언어로 타인을 설득하는 일이 우리의 소명이 아니니까요.

누가 우리의 얼굴 위로 흙을 퍼부으려고 하면, 우리는 얼굴을 돌리고 그냥 가던 길을 가면 그만이죠. 마치 알타이의 목동처럼. 그리고 실제로 우리는 매일 그렇게 하면서 살고 있는 것이기도 하구요."

"하지만 그러면 우리는 너무나 고립되어버리지 않을까요? 단 한 사람도 설득할 수 없다면, 그 누구도 설득하지 못하고, 또한 그 누구도 우리의 무덤에 관심을 갖지 않는다면, 결국 우리는 혼자서 고개를 돌리고 아주 멀리 가버려야 한다는 의미잖아요. 우리가 어디로 가는지도 알지 못하는 채 말이죠. 우리는 평생 동안 황야에서 양들과 별들만을 바라보며 살아야 할지도 모릅니다. 별들은 죽고 다시 태어나고, 양들도 마찬가지겠죠. 그러면 당신은 세상은 변함이 없노라고 말하겠지요. 하지만 그렇다고 해서 우리가 타인을 설득하지 못했다는 슬픈 자의식조차도 마침내 느끼지 않게 된다면, 그건 너무나 고독해요, 아야미."

"그렇다면 고독하기 때문에 타인을 설득해야 한단 말인가요?"

"왜냐하면 고독은 실패이기 때문이죠. 적어도 나에

게 모종의 의무가 있었는데 성공하지 못했다는 뜻이기도 합니다. 가장 가까운 예를 들어본다면 나는 극장이 문을 닫는 것을 막지 못했습니다."

"그건 한 개인의 힘만으로는 어쩔 수 없는 문제예요. 재단의 결정이었잖아요."

"그것뿐만 아니라, 내 아내를 설득하는 데도 결국 실패하고 말았어요…… 우리 사이에 꼬여 있는 수없이 많은 매듭을 나는 하나도 풀지 못하고 말았습니다. 그 매듭들이 앞으로도 계속 나를 이끌어가고 내 인생을 만들어가겠죠…… 마치 그것이 인생의 원래 모습이라는 듯이 말이죠. 그래요, 아내는 더 이상 나를 보려 하지 않습니다. 아내가 나를 미워하는 것을 이해합니다. 아내는 이 세상의 그 누구보다도 가장 나를 미워해요. 표면상의 이유는 나의 무능력과 침묵 때문이겠지만, 사실상 내가 그녀와 결혼했고, 그녀를 내 인생에 끌어들였기 때문인 거죠. 그녀의 증오는 돌이킬 수 없는 성질의 것을 향하고 있어요. 그 곁에서 나는 아무것도 할 수가 없습니다. 그렇게 내 인생은 나를 넘어서고 나를 쓰러뜨린 후 변함없는 세계의 일부가 되어 승리를 거둘 겁니다.

기억하고 있나요? 개인의 운명에 갖가지 의미를 부여할 수는 있지만, 백 명의 운명은 덜 의미심장하며, 수천 또는 수백만 명의 개인사란 어떤 상황에서도 무의미하다는 말을?

그것이 바로 고독이에요. 아야미, 나는 아주 보편적인 종류의 사람입니다. 막스 에른스트의 그림 같은 남자라고 할 수는 없어요. 일생 동안 나는 항상 사람들이 많이 걷는 길을 따라서 갔습니다. 혼자가 되는 걸 두려워했죠. 그래요, 지금 생각해보면 내가 정말로 두려워한 것이 고독이었는지 아니면 무의미였는지는 명확하지 않군요. 그런데도 사람들의 동의를 얻는 일에는 늘 실패하는 편이었습니다. 주로 한직에서만 근무해온 자들의 어떤 변두리적인 냄새, 그런 것이 내 안에 스며 있는 것을 잘 알아요. 그리고…… 더욱 구체적인 예를 든다면……." 극장장은 잠시 말을 멈추었다. "당신도 편지에서 썼듯이, 결국 나를 떠날 것이 아닙니까" 하고 그는 보이지 않는 목소리로 말했다.

어둠 속에서 아야미와 부딪힌 누군가가 어눌한 목소리로 중얼거리듯 미안하다고 말했다. 목도리나 옷깃으로 입을 막고 말하는 것처럼 불명확한 발음이었다. 그가 아야미의 곁을 지나갈 때 옷자락에서 희미한 고양이 냄새가 났다. 어쩌면 담비나 오소리 냄새였을지도 모른다.

정원 흡연실에는 아야미 혼자였다. 손질하지 않고 방치해서 말라빠진 수국 덤불이 담장을 따라 뒤엉켜 있었다.

아야미는 담장에 어른거리는 자신의 커다란 그림자를 지켜보면서 앉아 있었다.

어린 시절에 대한 기억이 거의 없는 아야미지만, 한 가지 일은 망각의 심연으로 침몰한 섬의 잔해처럼 삐죽하게 솟아나 있다. 마을의 약사 실종 사건이 그것이다. 마을의 젊은 약사는 음울하고 말수가 없어서 아무와도 친하게 지내지 못했는데, 어느 날 홀연히 모습을 감추어버렸다. 편지를 한 장 남겼다고 하는데, 거기에는 속세가 싫어 불교에 귀의하겠다고 적혀 있었다고 한다. 그에게는 결혼한 지 반년밖에 안 된 어린 아내가 있었다. 아내는 그때 임신 중이었다. 그리고 약국 조수도 있었다. 조수는 약사와 정반대로 붙임성이 있고 장사 수완이 좋아서 약국의 실질적인 경영을 도맡다시피 하던 서른 살 정도의 남자로, 어쩔 줄 모르는 어린 아내를 도와 약사가 떠나고 없는 약국을 처분하는 일을 나서서 처리해주었다. 그리고—분명 불법이었겠지만—사람들에게 약을 싼값에 몰래 팔아넘기기도 했다. 그런데 얼마 뒤부터 이상한 소문이 돌기 시작했다. 사실 약사는 승려가 되기 위해 산으로 간 것이 아니라 잠을 자던 도중에 정수리에 대못이 박혀 쥐도 새도 모르게 죽은 것이고 시체는 지붕 밑에 숨겨져 있다고 했다. 그리고 약사의 아내가 임신한 아이는 약사의 아이가 아니라는 것이다. 경찰이 찾아와서 집 안을 온통 뒤졌고 천장까지 뜯어내 보았으나 수상한 흔적이라고는 아무것도 발견하지 못했다. 어느 날 약사의 조수는 약사의 아내를 데리고 마을을 완전히 떠났다. 그들이 어디로 갔는지 아는 사람은, 그들이 어디서 왔는지와 마찬가지로, 아무도 없었다.

"무슨 생각에 빠져 있는 겁니까, 아야미?" 이렇게 말하며 극장장은 그녀 앞으로 와서 담배를 꺼내 물었다.

"최초에 나에게 이름을 준 이는 누구였을까, 생각하고 있었어요."

"그건 기억나지 않을 겁니다. 내가 당신의 이름을 지었을 때 당신은 아주 작아서 손바닥만 한 아기였으니까." 극장장은 농담을 하면서 미소 지었다. 무심코 주머니에 손을 넣은 아야미에게 한 장의 쪽지가 잡혔다. 아야미는 그것을 꺼내 소리 내어 읽었다.

"이제 때가 얼마 남지 않았으니, 이제부터 아내가 있는 사람은 아내가 없는 사람처럼 살고, 슬픔이 있는 사람은 슬픔이 없는 사람처럼 살아야 합니다."

"그것 참 근래에 들은 말 중에서 가장 반가운 천사의 나팔 소리로군요." 극장장이 웃음기 없이 메마르게 중얼거렸다.

"떠돌이 전도사가 어둠 속에서 전달해준 메시지랍니다. 난 그가 이걸 주머니에 넣는 것도 전혀 눈치채지 못했어요. 소매치기처럼 가볍고 날렵한 사람이었어요."

잠시 침묵이 흐른 후 아야미가 다시 입을 열었다.

"나는 언젠가 기회가 된다면 동화를 쓰고 싶다는 생각이 문득 들었어요."

"그런 꿈은 나중에라도 천천히 이루면 되겠지만, 당장은 정기적인 수입이 필요할 텐데요. 그렇지 않다면 구체적으로 말해서, 다음 달부터는 방세를 어떻게 낼 생각입니까?"

"잊었나요? 난 이제 외국 시인의 임시 비서로 채용……."

"그런 일거리는 말 그대로 임시일 뿐인 거죠! 게다가 솔직히 말해 외국에서 온다는 그 시인이라는 사람이 당신에게 얼마를 언제 어떻게 지불한다는 계약을 한 것도 아니잖아요! 공항에 도착한 그가 한번 획 둘러본 뒤, 아, 나는 이곳이 마음에 들지 않아, 다른 곳으로 떠나는 편이 낫겠어, 하고 가버린다면, 그러면 어떻게 되는 겁니까?"

아야미는 고개를 슬쩍 움츠렸다. "아직 거기까지 생각해보지는 않았어요."

"제발, 나는 당신이 앞으로 나와 같은 부류로 편입되기를 원하지 않아서 이러는 겁니다."

"어떤 부류를 말하는 건데요?"

"보이지 않는 사람들의 부류."

"그게 어떤 건데요?"

"성공하지 못한 사람들의 부류, 타인을 설득하지 못하는 사람들의 부류 말입니다."

"그런 말 하지 마세요. 당신과 내가 같은 부류라고 한다면 사람들이 웃을 거예요. 물론 당신이 생각하는 것과 정반대의 의미로요. 그리고 어쨌든 당신은 나를 훌륭하게 설득했잖아요."

"결국 떠난다면, 그건 설득이 아니죠." 그리고 극장 장은 얼굴을 아야미의 앞으로 가까이 가져왔다. "하지만 더 남아 있겠다고 말하는 여자라도, 그것 역시 나의 설득 때문은 아닐 테니까 결론은 마찬가지일 테죠." 그의 입술이 움직이는 것이 보였다. 그의 말 전체가 아니라 그의 입술이 만들어내는 하나하나의 분절된 음절들이 보였다.

"이미 말했던가요, 내가 한때 버스 운전을 했다는 것을?"

"아니요, 당신이 한때 시인이었다는 말을 내게 하지

않았어요."

"그러면 혹시 이미 말했던가요, 내가 한때 극단의 극작가일 뿐만 아니라 배우이자 연출가이기도 했다는 것을? 또한 아주 오래된 옛날 나는 마을의 약사였다는 것을?"

"아니요, 당신이 바로 과일 행상을 하던 내 아버지라는 사실을 내게 말하지 않았어요."

극장장의 입술이 느리게 움직였다.

"그리고 내가 혹시 편지에 쓴 것을 잊지는 않았는지요, 내가 사실은 이미 오래전부터, 당신이 상상하는 것보다 훨씬 더 오래전부터 당신을 떠나기로 마음먹고 있었다는 것을? 그래서 사실상 우리는 이미 헤어진 것이나 다름없다는 것을?"

그러자 바람 한 점 없는 공간에서 아야미의 치마가 낡은 행주처럼 펄럭였다. 탁자 귀퉁이에 놓여 있던 재떨이용 사기 접시가 시멘트 바닥으로 떨어지면서 쨍그랑 소리와 함께 두 조각이 났다. 아야미의 치마 아래서 힘줄이 불거진 앙상한 맨다리와 초라하게 작은 발, 새것으로 번쩍거리지만 이상하게 싸구려처럼 보이는 구두가 어두컴컴한 뒷마당의 그늘 속에서 그 누구에게도 알려지지 않은 채 드러났다. 극장장은 마른 얼굴에 안와가 깊은 동굴처럼 움푹 패었으며 입술이 바싹 말라 있었다. 흰자위를 가로지르는 붉은 실핏줄이 선명하게 보였다. 아침에 면도를 했겠지만 이미 밤이 깊은 시간, 그의 턱 주변은 다시 그늘처럼 거무스름하게 변해 있었다. 극장장의 눈자위는 전체적으로 시뻘겋게 변했고 심지어 두 눈에서 쏘는 듯한 광채가 났으므로 아야미는 그의 얼굴을 계속해서 마주 볼 수가 없었다. 그의 온 육체에 새겨진 말없는 불행의 기호들, 실패한 자 특유의 사인(sign)들, 위태롭게 아래위로 움직이는 무거운 목젖, 사막처럼 메마른 청회색 빛 피부, 위험하게 독이 오른 번득이는 눈빛. 아아, 나는 이 남자를 아는가? 아야미는 번개에 맞은 듯 깊은 현기증을 느꼈다. 아야미는 순식간에 과거로 밀려갔다.

어린 아야미는 길을 걷다가 조그만 푸른색 돌을 발견하고 그것을 집어 들었는데, 돌 아래 깊은 구멍이 입을 벌리고 있었다. 그 구멍은 동시에 존재하는, 거울 반대편의 세상으로 통하는 구멍이었다(고 누군가로부터 들은 기억이 떠오른다). 깜깜한 구멍 저편으로는 또 하나의 아야미가 또 다른 세상에 살고 있었다. 그 세상에는 도시가 있었고 창문이 있었고 강물과 다리가 있었으며 자동차가 돌아다녔고 절이 있었고 절 마당에서 얼굴이 심하게 얽은 노파가 흰 쌀알을 닭들에게 뿌려주고 있었다. 아야미는 미래의 아야미 혹은 과거의 아야미였다. 또는 동시에 존재하는 둘 다이기도 했다. 그곳에서 아야미는 닭이고 노파였다. 그것은 동시에 존재하는 밤과 하루의 비밀이었다. 아야미는 단 한 번의 몸짓으로 그것을 발견했다. 그리고 그것을 자기 자신보다 더 선명하게 기억하는 바람에, 다른 모든 것들에 대해서 더 이상 기억하지 못하게 되었다.

"아무래도 선생님의 집으로 가봐야 할 것 같아요." 두 시간 후, 아야미가 입을 열었다. "수십 번이나 전화를 했는데도 아무 응답이 없어요."

"혹시 어딘가 여행이라도 간 걸까요?"

"그렇다 해도 전화는 받아야 해요. 왜냐하면 오늘 밤 다시 전화하라고, 공항에 마중 나갈 시인에 대해서 자세한 얘기를 들려주겠다고 말했거든요. 그들은 유럽의 한 기차에서 우연히 옆자리에 앉는 바람에 알게 되었다고 하더군요."

"그렇다면 나와 함께 갑시다."

그들은 택시를 잡아탔다. 택시는 밤 깊은 거리를 달려갔다.

마치 비디오카메라의 속도를 느리게 맞추어놓은 것처럼, 도시의 불빛은 색색의 리본이 되어 차창 밖으로 길게 너울거렸다.

여니의 집으로 올라가는 좁은 골목길은 택시가 갈 수 없었으므로 그들은 차에서 내려 걸었다. 골목길은 불빛 하나 없이 깜깜했고, 집들은 사람이 전혀 살지 않는 죽은 건물처럼 꼼짝없이 웅크리고 있었다. 더러운 시멘트 벽들이 뿜어내는 후덥지근하고도 불쾌한 악취는 밤이 깊은 이 시각에도 사라지지 않았다. 안방의 작은 전등 빛, 텔레비전의 웃음소리, 가족들의 두런거림, 늦은 저녁 식사가 불 위에서 끓는 냄새, 부부 싸움의 소란, 아이들이 내지르는 괴성, 술 취한 주정꾼 등 가난한 동네에서 흔하게 보이는 소박하면서도 음울한 풍경이 지금 이곳에는 흔적도 없었다.

가로등 전구도 깨졌고 구멍가게조차 보이지 않았다.

그들은 손을 잡고 끈끈한 공기 속을 헤치면서 길을 올라갔다.

"그런데, 어떤 동화를 쓰고 싶다는 겁니까?" 극장장이 문득 생각난 듯이 물었다.

"평범한 등장인물이 나오는 신비하고 비밀스러운 이야기를 쓰고 싶어요."

"평범한 등장인물이라면?"

"눈먼 공주와 백조의 옷을 입고 나타난 용맹한 기사, 사악한 용과 마법사가 등장하는 것" 하고 아야미가 숨을 약간 헐떡대면서 말했다.

"그런 동화는 내 일생 한 번도 읽어본 적이 없으니 뭐라고 상상할 수가 없군요." 극장장이 시큰둥하게 대꾸했다. "그런 이야기를 좋아한 적이 없다는 뜻이지."

"그럼 어떤 이야기를 좋아했나요?"

"일생 동안 내가 한 번도 못 해볼 모험 이야기들이죠. 해적 이야기, 산적 이야기, 강도와 도둑 이야기. 예를 들자면 로빈 후드나 피터 팬."

마침내 그들은 여니의 집 앞에 도착했다. 그곳도 역시 마찬가지로 불이 꺼진 채였다. 그들은 가볍게 숨을 헐떡이면서 잠시 서 있었다. "이 동네는 사람들이 한창 이사를 나가는 중이라고 했어요. 주거 환경 개선 사업 시범 구역인가 하는 프로젝트의 대상으로 선정되었다는군요" 하고 이 집을 처음으로 방문한다는 극장장에게 아야미가 설명했다.

"그럼 오늘 밤 이사를 가버린 건가?"

"그럴 리는 없어요. 하필 오늘 이사를 간다면 당연히 내게 말을 했을 거예요."

그들은 대문을 밀고 손바닥만 한 마당으로 들어섰다. 우묵하게 바닥이 아래로 꺼진 좁은 마당은 너무나 어두운 데다가 이런저런 잡동사니들이 쌓여 있어서 그들은 손으로 어둠을 더듬으면서 걸음을 옮겼다. 극장장은 여니가 사는 집의 현관문을 두드려보았다.

아무런 대답이 없었다. 불이 켜지지도 않았고 인기척이 느껴지지도 않았다.

동공을 크게 벌리고 자세히 들여다보니 마당 한구석의 빈 종이 박스들 사이에서 죽은 고양이 가족이 나란히 누워 있었다.

"문을 한번 열어봐요" 하고 아야미가 소곤거리며 말했다. "선생님은 항상 열쇠를 여기 화분 아래에 두곤 했어요." 열쇠를 찾아든 극장장이 문을 열었다. 문 뒤로는 바로 부엌이 연결되었다. 양철 양동이 안으로 수도꼭지의 물방울이 똑똑 떨어지고 있었다. 시멘트 천장에 가서 부딪힌 그 소리가 습기 찬 어둠 속에서 크게 울렸다. 아야미는 벽에 붙은 전등 스위치를 켰다. 하지만 불은 들어오지 않았다.

"이 동네가 집단으로 정전이라도 된 모양이로군." 극장장이 투덜거렸다. 그들은 부엌을 지나 하나뿐인 방으로 들어갔다.

안에는 아무도 없었다. 그들은 더듬더듬 움직였다. 어느 정도 어둠에 눈이 익숙해지자 아야미는 푸른색 알약 병이 여전히 탁자 위 그 자리에 그대로 놓여 있는 것을 보았다. 상자 모양의 노란색 라디오는 선반 위에, 『눈먼 부엉이』가 책장의 그 자리에 그대로 꽂혀 있는 것을 확인했다. 창가에 항상 서 있는 양초도 변함이 없었다. 탁자 위 알약 병 곁에는 편지를 쓰다가 만 듯이 종이와 연필이 놓였고 침대 머리맡에는 그들이 아직 공부하지 않은 책이 펼쳐져 있었다. 아야미는 나직한 소리로 제목을 읽었다.

"우리는 어디에서 왔는가, 우리는 무엇인가, 우리는 어디로 가는가."

"뭐라고요?"

어둠 속에서 극장장이 더듬거리듯 되물었다.

"『눈먼 부엉이』 다음에 읽으려고 선생님이 준비해둔 희곡집이에요."

그들은 다시 밖으로 나와 어쩔 줄을 모르는 채 멍하니 서 있었다. 잠깐 외출이라도 한 것일까? 아야미가 이웃집에 한번 물어보자고 제안했다. 만약 이웃집에 사람이 산다면 말이지만. 마당의 반대편에는 주인집 식구가 살고 있었던 것으로 기억하지만 지금은 아무도 없는 듯했다. 스산한 유리창 너머를 한참 들여다보고 있으니 커튼도 없이 황량한 거실 풍경이 희미하게 드러났다. 쓰러진 스탠드와 철제 옷걸이, 걸레, 그리고 해변 파라솔만큼이나 커다란 우산이 바닥에 나뒹구는 풍경이었다. 매캐하고, 희미한 악취가 나며, 정지되어 있고, 정체불명의 쇠붙이 냄새, 궁핍하고, 어둡고, 무겁고, 모든 것이 불분명하고, 숨 막히고, 아무에게도 알려지지 않은 상태로, 이미 오래전부터 죽었으며, 무엇보다도 견딜 수 없이 더웠다.

"이곳을 떠납시다." 극장장이 아야미의 팔을 잡았다. "아래 동네에서 파출소를 보았으니 일단 그곳에 가서 물어봅시다."

그들은 골목길을 다시 내려갔다. 돌아가는 길의 모습은 올라가던 때와 조금도 다르지 않았다. 단지 조금 전에는 보이지 않았던, 어둠 속 벤치에 시커멓게 홀로 앉아 있는 중년 여자 한 명을 제외하고는. 손에 부채를 들고 있는 여자는 얇은 천으로 된 속치마를 허리까지 걷어 올리고 있었다. 좁은 골목길에서 그들이 여자의 코앞으로 지나갈 때, 쉰 살은 한참 넘어 보이는 여자는 속옷을 입지 않은 사타구니 한가운데를 힘차게 긁으면서 부채질에 열중하고 있었다. 여자의 허벅지 사이에 고인 어둠이 너무나도 짙었다. 여자는 심하게 얽은 얼굴을 그들을 향해 쳐들었다. 여자의 뒤편에는 나지막한 대문 위에 '여관'이라고 손으로 쓴 나무판자 간판이

달려 있었다.

언덕길 아래 길목에 극장장의 말대로 파출소의 불빛이 보였다. 그들은 파출소 안으로 들어갔다. 안에는 똑같은 제복을 입은 젊은 경찰관 한 명과 나이 든 경찰관한 명이 의자에 등을 비스듬하게 기대고 앉아 있었다. 가까이 다가가자 그들이 사실은 눈을 반쯤 뜬 상태로 잠들어 있는 것임을 알 수 있었다. 파출소 안 벤치 위에는 흰 가면으로 얼굴을 가린 술 취한 사람이 누워 잠들어 있었다. 무더운 날씨에 어울리지 않게 소매가 넓은 긴 외투 차림이었다. 그의 발치에는 새장이 하나 놓였고 그 안에는 새끼 고양이가 잠들어 있었다. 이상한 조명 아래서 경찰관의 낯빛은 그의 제복과 마찬가지로 회녹색에 가깝게 보였다.

극장장은 나무 탁자를 손가락으로 톡톡 두드렸다. 젊은 경찰관이 눈꺼풀을 들어 올리지 않은 채 흐릿한 눈동자를 움직이면서 무슨 일이냐고 표정으로 물었다. 그들은 사정을 설명한 후 이런 경우 실종 신고가 가능한지 알고 싶다고 말했다. 그러자 젊은 경찰관은 가족이냐고 물었고, 그들은 아니라고 대답했다. 그러면 얼마나 오랫동안 부재자가 집에 들어오지 않았는지도 모르겠네요, 하고 경찰관은 성의 없이 대꾸했다.

"사실은, 오늘 저녁때 통화를 하긴 했는데, 그때 이후로 전혀 연락이 되지 않는 데다가 방금 집에 찾아갔는데 아무도 없었어요……" 아야미가 조심스럽게 설명을 했다. "게다가 동네 전체가 인적도 없고 이상하게도 몹시 어두웠어요."

"밤이면 인적이 드물고 어두운 것은 주택가로서는 당연한 일이지요. 특히 이 동네 사람들은 이른 아침부터 노동일을 나가는 경우가 많아서 더더욱 빨리 잠이 들 겁니다" 하고 경찰관은 별것 아니라는 식으로 대답했다. "그런데 친구의 집에 갔더니 친구가 없었다는 말인데, 집에 아무도 없다는 것이 정말인가요? 잠이 들어서 초인종 소리를 못 듣거나 아니면 한밤중에 문을 열기 싫었을 수도 있잖아요. 게다가," 경찰관은 벽에 걸린 시계를 가리켰다. "지금은 새벽 한시가 가까워오는데 이 시간에 사방이 쥐죽은 듯 조용하고 불빛이 없다는 이유로 이상하다고 말하면서 실종을 언급한다면 우리로서는 입장이 좀 곤란하겠지요."

"하지만, 친구 집은 분명히 비어 있었는데요……."
아야미는 한 걸음 뒤에 서 있는 극장장을 흘낏 보면서
말을 흐렸다. 과연 여니의 집 현관문을 열고 들어갔다
는 말을 경찰에게 해도 상관없을지, 판단이 서지 않았
기 때문이다. 하지만 극장장은 묵묵히 벽 그늘 아래 서
있을 뿐이었다.

"어딘가로 외출을 했겠지요." 젊은 경찰관은 이제 자
신의 관심 없음을 숨기지 않으면서 말했다.

가면을 쓴 주정뱅이는 단 한 번의 뒤척임 없이 여전
히 돌처럼 잠들어 있었고 그의 고양이도 마찬가지였다.

그들이 파출소 밖으로 나오자 두 줄기로 흐르는 커
다란 회색빛 도로가 보였다. 텅 빈 도로 위를 환하게 실
내등을 밝힌 흰색 버스가 빠른 속도로 지나갔다. 버스
안에는 여러 명의 여자들이 큰 탁자를 둘러싸고 반듯
하게 앉아서 책을 읽고 있었으며 가장 어두운 뒷자리
구석에는 가사를 걸친 승려가 눈을 감고 앉아 있었다.

그들은 잠시 동안 방향도 없이 거리를 걸었다. 어디

선가 모습이 보이지 않는 앰블런스의 요란한 사이렌 소리가 귀를 찢었다. 마침내 아야미가 입을 열었다. "교통사고인가 봐요." 그 말과 함께 사이렌 소리가 어둠에 묻히듯이 멀어져 갔다.

그들은 한동안 아무것도 보이지 않는 텅 빈 도로를 응시하면서 서 있었다.

"우리가 성급했다는 생각이 들어요. 어쩌면 선생님은 병원에 갔을지도 몰라요. 저녁때 통화에서는 그런 말이 없었지만, 갑자기 몸이 안 좋아진 게 아닐까요" 하고 아야미가 말했다.

"어느 병원으로 갔을까요."

"그건 모르겠어요."

"그래요, 그게 맞을 겁니다……. 이제 안심이 되네요."

그들은 함께 육교를 건너갔다. 육교 위 커다란 전등들은 모두 꺼져 있었다. 그들은 육교 위에 있는 유일한 행인이었다. 아래를 내려다보자 시커먼 밤의 흐름 속을 은빛으로 반짝이며 헤엄치는 밤의 물고기 떼가 순간 나타났다가 다시 사라졌다. 육교가 파도 위의 배처럼 너울거렸다. 조금 전 지나갔던 바로 그 버스가 육교

맞은편의 고가도로 위를 질주하는 것이 보였다. 버스는 일정한 트랙을 도는 경주마처럼 밤을 소진하기 위해 도시의 특정 구간을 빠르게 빙빙 돌고 있는 것처럼 보였다.

그들은 거대한 사각형의 도시 한가운데에 있는데, 우연히도 그때 모든 거주자가 동시에 잠들어 있다. 그들은 부재자의 행방을 모른다. 그 도시의 이름은 '비밀'이었다. 모든 창이 어둡게 닫혔으며, 모든 창이 침묵하고, 모든 창은 보이지 않으며, 모든 창이 명상에 잠겨 있는 도시였다. 그들의 눈앞에 검은 동상이 서 있는 역 광장이 달의 표면인 양 떠오른다. 멀리서 기차가 지나가는가? 바람도 불지 않는데 깃발이 허공에 곧추서 있다. 청회색 빛 구름 속으로 까마득하게 치솟은 굴뚝, 광장, 대기선에서 기다리고 있는 밤 기차, 이름 모를 장군의 동상, 그리고 텅 빈 아케이드들의 거리.

흰올빼미의 울음, 허공을 가로지르는 백색의 번갯불, 검은 포장을 씌운 수레, 그리고 죽은 사람의 모습은 어디에도 없었다.

"마치 꿈속에 있는 것 같아요" 하고 밤의 육교 위에서 아야미가 말했다. "우리는 어디로 가는 건가요?"

"포도주를 사러 가는 겁니다." 극장장이 자신만만한 목소리로 대답했다. "축배를 들어야지요."

"무엇을 축하한다는 건가요?"

"당신의 독일어 선생 여니의 무사함과 우리의 새로운 출발을!"

"그건 헛소리예요."

"여니는 무사할 겁니다. 병원으로 간 거라구요."

"선생님은 무사하겠지만 우리의 새로운 출발은 없다는 걸 당신도 잘 알잖아요."

"우리가 했던 약속을 잊었나요? 우리의 인생이 저물어갈 때 우리는 다시 만나게 된다는 약속을! 그때 우리는 타일랜드로 가는 겁니다!"

"황혼의 코끼리를 찾아 타일랜드로 간 늙은 사람들이 정말로 행복해졌다는 말은 한 번도 들어보지 못했어요. 그리고 그들은 아마도…… 정말로 타일랜드로 간 것은 아닐 거예요."

"너무 비관적으로 그러지 말아요…… 그게 어디든

그들은 코끼리를 만났을 것이고, 그것은 모든 질문에 대한 대답이 되었을 겁니다."

"그리고 이 시간에 어디서 포도주를 산단 말이에요?"

"여긴 역 광장이니까 밤새도록 문을 여는 상점이 있을 겁니다."

극장장이 이렇게 말을 마치자마자, 그때까지 깜깜하기만 하던 광장 역사 건물의 아케이드에서 한 상점의 불빛이 거짓말처럼 환하게 밝혀지는 것이 보였다. 한밤의 숲 속 개활지에서 가물거리는 작은 촛불같이 단 하나의 아름답고도 홀연한 불빛. 유리벽 뒤편에서 백색으로 반짝이며 저마다 광채를 발휘하는 상품들. 아야미는 감탄했다.

"당신은 정말 마법사 같아요."

아야미가 극장장을 향해 미소 지었다. 극장장은 빠른 걸음으로 육교의 계단을 달려 내려가면서 소리쳤다. "천천히 와요, 내가 얼른 포도주를 고를게요!" 그는 두 팔을 휘저으며 광장을 달려갔다.

"같이 가요! 너무 서둘지 말아요!" 아야미는 그의 뒷모습을 향해서 소리쳤다.

극장장은 광장 한가운데서 문득 멈추어 서더니 허공을 향해 팔을 치켜올렸다. "이 좋은 기분이 그대로 휘발되게 내버려두기는 싫어! 그리고 당신은 이제 조금 있으면 공항으로 가야 한다면서요! 그러니 시간을 허비하면 안 되죠!" 그의 검은 머리칼이 날리며 흰 이마가 드러났다. 흰 포석이 깔린 텅 빈 광장에 서 있는 그의 거대한 그림자. 그것은 살아 있는 동상처럼 보였다.

아야미가 육교의 계단을 다 내려온 것을 확인한 후 그는 다시 몸을 돌려 상점의 불빛을 향해 똑바로 달려갔다. 아야미는 천천히 걸었다.

극장장의 모습이 상점의 환한 불빛 속으로 흡수되듯 사라지고 난 다음, 아야미의 눈에는 광장 반대편 인도에서 광장을 향해 도로를 건너오는 한 남자가 들어왔다. 순간적으로 아야미는 그 남자가 저녁때 극장으로 찾아왔던 미친 남자라는 생각이 들었다. 그러나 그럴 리는 없었다. 그 남자가 이 자리에 나타날 가능성이 없다는 뜻이 아니라, 희미한 어둠 속에서, 오직 그림자의 형체만으로 사람을 알아볼 수는 없기 때문이다.

남자는 광장 가장자리 지하철 환풍구 위를 걸었다. 가벼운 옷차림의 남자는 두 팔을 몸통에서 살짝 떼고, 자유로운 양손을 휘휘 저으며 성큼성큼 걸었다. 땅바닥에 설치된 녹색 전등 위를 걸었다. 흰색으로 칠해진 화단의 난간 옆을 걸었고, 높다란 석주 위에 서 있는 동상의 그늘 속을 걸었다. 아야미는 걸음을 멈추었다. 남자는 광장을 가로질러 가려는 한밤의 산책자일 뿐인가? 남자도 걸음을 멈추었다. 그들은 멀리서 서로를 바라보면서 한동안 가만히 서 있었다.

아야미는 남자가 손을 들어 아야미를 향해서 흔든다는 느낌을 받았다. 가볍게 주저하면서. 사실 아야미의 시력은 좋지 않다. 흐릿한 밤의 광장 맞은편에 있는 남자의 작은 몸짓까지 세세히 알아볼 수는 없었다. 그때 남자가 갑자기 방향을 바꾸었다. 몸을 돌리더니 다시 도로 쪽으로 걸어간 것이다. 자신의 할 일은 오직 아야미에게 인사를 건너는 것이 전부였다는 듯이.

그때 흰 버스가 고가도로를 전속력으로 내려오는 중이었다. 버스는 점점 더 빠른 속도로 맹렬하게 질주했다.

버스는 남자의 몸 바로 앞에서 기적처럼 멈추어 섰

고—그런데 놀랍게도 브레이크가 급격하게 작동하는 소리나 타이어의 마찰음은 전혀 들리지 않았다—이미 남자의 몸은 도로에 길게 쓰러진 뒤였다. 길게 누운 커다란 짐승 같은 검은 덩어리. 환하게 실내등을 밝힌 버스 안에는 여러 명의 여자들이 탁자를 둘러싸고 반듯하게 앉아서 책을 읽고 있었으며 가장 어두운 뒷자리 구석에는 가사를 걸친 승려가 눈을 감고 앉아 있었다.

아야미는 손으로 입을 막았다. 그녀는 남자가 죽은 것이라 믿었다. 버스의 문이 열리고 지나치게 커다란 모자에 제복을 입은 운전사와—하지만 어떤 종류의 제복인지는 분명하지 않았다—승려가 밖으로 나왔다. 그들은 남자의 몸을 들어 버스 안으로 옮겼다. 아, 병원으로 가려는 거구나, 하고 아야미는 놀란 가운데서도 안심했다. 환한 버스 안에 탄 여자들은 읽고 있는 책에 시선을 완전히 고정한 채 미동도 없이 앉아 있었다. 그녀들이 읽고 있는 것은 남녀 인체의 기묘한 자세들이 생생한 컬러로 인쇄되어 있는 『카마수트라』였다. 버스 지붕 위에는 조금 전까지 아야미가 알아차리지 못했던 것—한 마리 흰 까마귀—이 앉아 있었다.

2

무더웠던 어느 날 저녁 부하는 열기를 식히기 위해 강변으로 갔다.

강변에는 데이트하는 연인들에게 보트를 빌려주는 선착장이 있었다. 부하는 혼자였지만 보트를 타겠다고 했다. 달리 할 일이 없었기 때문이다.

구명조끼를 걸친 그는 강 가운데로 노를 저어 갔다. 일 분도 지나지 않아서 온몸에서 열이 후끈거렸다. 수면은 저녁 햇살을 받아 누렇게 번쩍거렸다. 교량 위로 퇴근길의 자동차들이 꼬리에 꼬리를 물고 지나다녔다. 보이지 않는 번개가 한 번씩 허공을 가를 때마다 철근과 콘크리트 교량이 아래로 출렁거리며 크게 흔들렸다.

부하의 보트가 다리 근처에 이르렀을 때 한 남자가 다리에서 강물 속으로 풍덩 떨어졌다. 남자의 팔다리가 나무토막처럼 물 위로 불쑥 솟아나더니 반사적으로 허우적대며 헤엄을 쳤다. 하지만 물살이 너무 빨랐다.

부하는 그 자리에서 벌떡 일어섰다. 보트가 위험하게 출렁거렸다. 그는 망설임없이 강물로 뛰어들어 남자에게로 헤엄쳐 갔다. 물속으로 가라앉고 있던 남자는 부하가 다가가니 팔을 쑥 뻗어 부하의 조끼를 움켜쥐었다. 부하는 한 손으로 그의 목덜미를 잡고 물 위로 들어올리듯이 하면서 배로 헤엄쳐가려고 했으나 이미 보트는 너무 먼 곳으로 두둥실 흘러가고 있었다. 저녁 햇살이 부하의 눈꺼풀에 정면으로 쏟아졌으므로 부하는 눈을 뜰 수가 없었다. 물에 빠진 남자는 더욱 심하게 발버둥을 쳤다. 부하의 입 속으로 회색빛 비늘을 번쩍이며 강물이 밀려들어왔다. 부하는 턱을 치켜올리려고 했으나 남자가 너무 센 힘으로 필사적으로 부하의 목을 잡고 늘어지는 통에 불가능했다. 부하는 보트로 가기를 포기하고 강변으로 헤엄쳐 갔다. 어차피 보트로 가더라도 배 위로 기어올라갈 수는 없을 것이란 생각이 그제야 들었기 때문이다. 강변이 멀었다. 그들은 너무 작았고 강은 지나치게 넓어 보였다.

산책로에서 한 마리 개가 그들을 향해 짖었다. 길게 자란 털이 얼굴을 거의 뒤덮고 있는 흰 개였다. 구름이 많은 하늘은 어둡게 흐렸고 대기는 무거웠다. 강 위편 공중으로 흰색 기구가 느리게 두둥실 날고 있었다. 진하게 분장을 한 광대가 기구 아래 달린 바구니에 걸터앉아 있었다. 바구니에는 '나는 외로워요 인사를 보내주세요'라는 플래카드가 달려 있었다. 산책을 하던 아이들이 기구를 향해 손을 흔들자 광대도 한 손을 이마에 붙이듯이 한 자세로 마주 흔들었다. 기구의 흰색 몸체에는 'PEACE'라고 적혀 있었다. 기구는 아주 느린 속도로 부하와 남자의 머리 위를 날아갔다.

불현듯 아주 가까이서 남자의 눈이 부하를 쳐다보고 있었다. 하지만 그 눈동자는 초점이 없었다. 남자는 마른 얼굴에 안와가 동굴처럼 움푹 패었으며 입술이 바삭 말라 있었다. 흰자위를 가로지르는 붉은 실핏줄이 무서울 만큼 선명하게 보였다. 그때 부하는 갑자기 남자의 사지가 부르르 떨리면서 뻣뻣하게 굳는 것을 느

104

졌다. 이윽고 남자는 팔다리를 널부러뜨린 채 꼼짝도 하지 않았다. 부하는 그의 얼굴을 위로 향하도록 했다. 남자는 아직 새파랗게 젊은 청년이었다. 눈을 절반쯤 뜬 청년은 이상한 신음 소리를 뱉으면서 입가에 거품을 흘리고 있었다. 이제 훨씬 더 수월하게 헤엄칠 수 있게 된 부하가 강둑으로 다가가자 몇몇 산책객이 그들을 끌어올려주었다. 부하는 숨을 거칠게 내쉬었다. 심장이 터질 것처럼 쿵쿵 뛰었다. 사람들이 쓰러진 청년의 몸을 발로 뒤적거리며 살폈다. 그가 이미 죽은 거라면 부하는 쓸데없는 수고를 한 셈이었다. 하지만 청년은 숨을 쉬고 있었다. 간질 발작이야, 하고 모여든 서너 명의 사람들 중에 한 명이 말했다.

산책객들이 청년의 몸을 밀어놓고 산책을 계속하는 동안 부하는 젖은 옷을 추스르고 보트 선착장으로 터덜터덜 걸어갔다. 신발을 보트에 두고 강물로 뛰어들었으므로 맨발인 채였다. 보트를 빌릴 때 맡긴 신분증을 찾아야 했다. 보트를 잃어버린 사정을 어떻게 설명해야 하는지 부하가 고민하는 사이 이미 상황을 지켜보고 있던 그들은 다른 보트를 타고 부하의 빈 보트를 구조해

놓았다. 그들은 부하에게 아무것도 묻지 않고 그냥 신분증을 돌려주었다. 신분증을 맡고 있던 여자가 말없이 마른 걸레를 가져다주어서 부하는 그것으로 몸을 대충 닦을 수 있었다. 머리도 말리고 셔츠도 말렸다.

　부하는 시인이 되고 싶어 했다. 적어도 이십대의 특정한 몇 년간 그의 꿈은 시인이었다. 하지만 단 한 번도 시를 써본 적은 없었다. 아니 어쩌면 시를 읽어본 적조차 거의 없을 것이다. 그에게 시는 언어도 문자도 운율도 아닌, 오직 한 여자의 이미지로만 가득했다. 여자는 진짜 시인이었다. 그리고 아름다웠다. 특히 미소를 짓고 있을 때면 세상의 모든 환한 빛이 그 여자의 눈동자와 입술로 한꺼번에 빨려 들어가는 것 같았다. 비록 그가 시인 여자의 미소를 본 것은 신문 인터뷰 기사의 흑백사진에서뿐이긴 하지만. 검고 하얀 점들로 인쇄된 시인 여자의 얼굴은 얼룩덜룩하게 그늘이 져 보였다. 검은 점들이 못처럼 그녀의 피부를 파고 들어가 움푹한 구덩이를 만들었고, 하얀 점들이 구덩이에서 솟아나온 액체를 이루었다. 그런데 신문에서 시인 여자를 마지막으로 본 것도 이미 이십여 년이나 지난 일이다. 그때부터 부하의 꿈은 시인이었다. 시인 여자가 시인이었으므로, 그도 당연히 시인이 되고 싶었다. 시집을 사거나, 실제로 시를 써본다거나, 주말에 열리는 문학교실의 강좌를 들으러 갈 생각은 하지 않았다. 단지 되고 싶었던 것뿐이다. 그는 꿈과 현실이 동떨어진 모습을 하고 있는 것을 전혀 모순으로 느끼지 않았다. (그렇지 않다면 왜 꿈은 꿈이라고, 현실은 현실이라고 구별해서 불려야 한단 말인가!)

그렇다고 그가 내내 시인 여자만을 생각하고 산 것은 아니다. 처음 그녀에게 빠져 있던 몇 년이 지나고 나자, 시인 여자는 부하의 꿈속에서도 그리 자주 등장하지는 않게 되었고, 나중에는 일 년에 한 번 정도 떠오를까 말까 한 얼굴이 되었다. 원래 부하가 시인 여자를 가장 강렬하게 기억하는 순간은 누군가로부터 꿈이 무엇이냐는 질문을 받는 때인데, 점차 나이가 들면서 그럴 일이 거의 완전히라고 해도 좋을 정도로 없었기 때문이다.

텍스타일 회사의 해외영업부 직원이었던 부하는 출

장을 자주 다녔다. 그가 주로 다닌 지역은 운 나쁘게도 종종 스물네 시간 이상 비행기를 타야 하는 남아메리카였다. 언젠가 그는 항구도시 발파라이소로 간 적이 있었다. 그곳에서 사업을 벌이는 한국인 섬유업자를 만나기 위해서였다. 발파라이소라는 곳을 그는 그 이전에도 이후에도 방문한 적은 없었다. 한 여자가 호텔 근처 카페에서 홀로 아침을 먹는 그에게 다가와서 말을 걸었다. 안녕하세요, 내 이름은 마리아예요. 당신은 어디에서 온 뱃사람인가요? 마리아는 결코 예쁜 얼굴이 아니었고 피부도 부하의 취향에는 너무 가무잡잡했지만, 아니 사실은 가무잡잡한 정도가 아니라 미역줄기같이 짙은 갈색이었지만, 게다가 손등은 고슴도치처럼 거칠거칠했고 결정적으로 앞 윗니 하나가 없었으나, 착하고 상냥한 데다가 차분차분하게 말을 걸면서 사람의 마음을 편하게 해주는 재주가 있었다. 당신의 이름은 뭔가요? 하고 마리아는 노래하는 듯한 음률로 물었다. 부하는 자신을 Kim이라고 소개했다. Kim, 곁에 잠깐만 앉아도 되나요? 마리아의 물음에 그렇게 하라고 하자 그녀는 다시 말했다. 콜라 한 잔만 사줘요,

오래 귀찮게 하지 않을게요. 마리아의 애잔한 목소리에 어느 정도 동정심이 생긴 부하는 그녀에게 콜라를 사주었다.

그들은 한 시간 정도 후에 카페를 나섰는데, 마리아는 자연스럽게 그의 팔짱을 끼었고, 창피스럽게 여긴 부하는 그것을 뿌리쳤다. 마리아는 자신의 고향이 북쪽 사막이라고 말했다. 아버지는 역청 광산에서 일하던 광부였으나 술을 많이 마셔 죽었고, 자신은 발파라이소의 이모가 운영하는 미장원에서 일하기 위해 이곳으로 왔다고. 하지만 이모의 미장원 일도 그다지 별 볼일이 없는 상태고, 그래서 이모는 서툴게나마 영매 일을 해서 돈을 벌기도 한다고. 부하는 일부러 걸음을 빨리하여 일 미터 정도 앞서서 걸었지만 마리아는 기를 쓰고 따라오면서 계속해서 재잘거렸다. 섬유공장 사람들의 눈에 띌 것이 두려워진 부하는 몸을 돌리고 아무 말없이 마리아에게 지폐 한 장을 건네주었다. 그때 명함이 바닥에 떨어졌고 마리아는 허리를 굽혀 그것을 주웠으나 부하는 그냥 몸을 돌리고, 도저히 마리아가 쫓아올 수 없는 속도로 도망치듯 빠르게 걸어갔다.

몇 년 뒤 회사를 그만둔 부하는 함께 그만둔 동료 두 사람과 함께 중국과 섬유 거래를 하는 무역회사를 차렸고 그 일로 상하이의 난방장치 없는 아파트와 서울을 오가며 초창기에는 성공적으로 사업을 운영했지만, 오 년 정도 후에는 그것마저 정리할 수밖에 없었다. 빚을 해결하고 나자 손에 남은 것은 거의 없어서, 그는 흔히 말하는 무일푼으로 되돌아왔다. 이 년 전의 일이다. 약간이긴 하지만 부모의 유산이 없었더라면 그는 매우 곤란해졌을 것이다. 그때 이미 시인 여자에 대해서는 그의 머릿속에 남아 있는 것이 거의 없었다. 아무도, 그리고 그 자신조차도 그에게 무엇이 되고 싶은가 묻지 않았기 때문이다.

　그는 한 화학약품 회사에 다시 임시로 일자리를 구했다. 그가 주로 한 일은 푸른색 알약을 포장하고 배달하는 것인데, 풀타임은 아니고 주문이 있을 때마다 약을 환자에게 직접 가져다주는 아르바이트 성격의 일이었다. 반드시 경제적인 이유만은 아니었지만 그 무렵에 두번째 아내와 헤어졌다. 어느 날 밤 아내는 잠든 그를 흔들어 깨웠다. 그리고 말했다.

"내 이름을 불러줘요."

그는 아내의 이름을 불렀다.

"그 이름 말고 당신이 나에게 준 이름 말이에요."

그게 무슨 소리냐고 부하가 물었다.

"왜냐하면 이제 생각이 났으니까요. 왜 우리가 처음부터 서로에게 그토록 이해할 수 없는 방식으로 끌렸던 것인지" 하고 아내는 말했다.

무슨 말을 하고 있는 건지 모르겠어, 하고 부하는 말했다. 어쨌거나 자신은 그녀의 이름을 지어준 사람이 아니라고. 당연하지 않은가. 아내를 만나기 전까지 그는 아내와 같은 이름을 가진 여자를 단 한 명도 알지 못했다고. 아내의 이름은 사막 위로 홀연히 떠오른 두번째 달처럼, 그에게는 새롭고도 유일한 것이었다고. 아내의 이름은 그에게 이 세상 단 한 번뿐인 사건이었노라고.

하지만 아내는 고개를 흔들었다. "우리는 서로 너무나 잘 아는 사이였어요. 아주 오래전부터 우리는 우리가 지금 아는 것보다 훨씬 더 가까웠어요. 그래서 당신이 내 동굴 안으로 들어올 때마다 당신의 얼굴이 내 아버지, 내 오빠의 것으로 보이는 거예요."

부하의 잠은 완전히 달아났다. 그는 자리에서 일어나 정색을 하고 말했다. 무엇 때문에 그러는 것인지는 몰라도 자신은 결코 그녀와 헤어질 수 없다고. 다른 여러 가지 이유를 떠나서, 그녀와 결혼하기 위해 너무 많은 것을 버려야 했기 때문에. 그리고 자신은 그 누구의 아버지도, 오빠도 아니기 때문에. 게다가 그녀에게 이름을 준 사람은 더더욱 아니기 때문에.

"아니란 말인가요?" 아내가 반쯤 잠긴 목소리로 물었다. "그럼 당신은 누구인가요?"

나는 당신 남편이야, 하고 부하는 대답했다.

하지만 얼마 후 부하는 아내가 직장의 상사와 어페어 관계라는 것을 알게 되었다.

그가 배달하던 푸른색 알약은 아무런 상표명이 없이 투명한 유리병에 들어 있었다. 병 바닥에 그것을 받을 사람의 이름과 주소가 적힌 라벨이 붙어 있을 뿐이었다. 한참이나 지난 다음에야 그는 자신이 배달하는 알약들이 '측두엽성 간질의 발작 증세를 완화시킬 수도 있다'는 사실을 화학약품 회사의 한 간부로부터 우연히 듣게 되었다. 아직 정식으로 제품화가 승인이 난 것은 아니지만, 충분히 효과를 볼 수 있다는 것이다.

"측두엽성 간질 증세를 완화시키기도 하다니, 그럼 원래는 무슨 병의 치료를 위해서 개발된 겁니까?" 하고 그는 간부에게 물었다.

"뭐 원래는 진통제 종류인데, 가벼운 수술 시에 부분마취제로 쓰기도 하고 염증을 가라앉혀주는 역할을 하기도 하지. 하지만 뇌 특수부위 신경세포의 과도한 활동을 진정시키는 효과도 있다고 해. 심지어 약효가 뛰어나다는 말도 있어. 단지 공식적으로 인정을 못 받았을 뿐이지. 기존 의약품 제조사에서 반대 로비를 많이 하기 때문이라더군" 하고 간부는 자신 없는 투로 얼버무리며 대답했다. "그런데 말이야, 사실 자신이 복용하는 약의 주성분 물질이 정확히 어떤 효과를 내는지 알고 있는 사람들은 그리 많지 않아. 설사 안다고 해도 큰 의미는 없지. 왜냐하면 똑같이 생긴 알약들로 가득 찬 조제실 내부에서 약들은 생각보다 자주 바뀌어버리거든."

밤이면 부하는 종종 한 여인에게 전화를 걸었다. 그 여인은 어느 날, 마치 밀회의 약속처럼, 그의 자동차에

명함을 꽂아놓고 사라졌다. 명함에는 한 개의 전화번호와 함께 '프리랜서 여니에게 전화해주세요'라고 적혀 있었다. 그가 전화를 걸 때마다 "이 통화는 분당 ○○○○원의 비용이 결제됩니다, 원하지 않으시면 지금 전화를 끊어주세요……" 하는 메시지가 기계음으로 흘러나왔다.

부하는 과거의 회사 동료로부터 한 통의 편지를 전해 받았다. 그것은 놀랍게도 칠레에서 마리아가 텍스타일 회사로 부친 편지였다.

'Buhakim, 나를 기억하고 있겠지요? 발파라이소에 만났던, 북쪽 사막에서 온 마리아예요. 당신은 너그럽고 착한 사람이었어요. 당신이 나에게 주고 간 명함의 주소로 편지를 씁니다……' 하고 편지는 시작하고 있었다.

'그동안 나는 상황이 매우 안 좋아졌답니다. 이모는 교통사고로 죽었고 미장원은 빚쟁이들의 손에 넘어가버렸어요. 그래서 나는 다른 미장원에 일자리를 구했지만 그마저도 그만두어야 했어요. 미장원들이 자꾸만 문을 닫아서 일자리 찾기도 힘들어요. 그리고 일을 할 때도 월급은 형편없답니다. 당신을 만날 때보다 조금도 더 오르지 않았고, 어떨 땐 더 적은 액수를 받으니까요. 그래서 말인데, 혹시 당신 나에게 천 달러 정도만 보내주실 수 있나요? 천 달러가 너무 많으면 오백 달러도 괜찮아요. 방세가 밀려서 그래요. 당신은 언제 다시 발파라이소에 올 계획이 있나요? 그러면 반가울 텐데요. 하여간 당신이 나에게 천 달러 보내준다면, 설사 오백 달러라도, 정말로 천국에 있는 우리 어머니가 다시 살아 돌아온 듯이 기쁠 텐데요. 마리아.'

마리아로부터 편지를 받았던 여름날 저녁, 그는 알약을 배달하고 돌아가는 길에 버스 정류장에서 시인 여자를 만났다. 비록 그가 시인 여자를 실제로 본 적은 한 번도 없지만, 그리고 신문에 난 그녀의 흑백사진을 마지막으로 본 것이 대학 시절의 일이었으니 이십 년 이상의 세월이 흘렀지만, 놀랍게도 시인 여자는 거의 모습이 변하지 않은 듯했다. 시인 여자는 키가 컸는데, 그것은 그에게 새로운 사실이었다. 신문의 사진으로는 그녀의 키를 짐작할 수 없으니 말이다. 사실 그는 태생적으로 몸매가 가늘면서도 체구가 작은 여자일 거라고 시인 여자의 외모를 짐작하고 있었다. 그리고 시인 여자는 전혀 미소를 짓고 있지 않았다. 그에게 미소 없는 시인 여자의 얼굴은 참으로 생소한 것이었다. 그는 미소 짓지 않는 시인 여자의 얼굴을 본 적이 한 번도 없었다.

버스에서 내리는 시인 여자는 흰색 블라우스에 얇은 천의 여름용 치마를 걸쳤는데 흐릿한 색의 섬유는 행주처럼 보였다. 걸음을 걸을 때마다 치마가 펄럭이며 힘줄이 불거진 앙상한 맨다리와 키에 비해서는 초라할 정도로 작은, 마치 타인의 몸에서 떼어다가 임시로 붙여놓은 듯한 인상을 주는 발, 새것으로 번쩍거리지만 이상하게 싸구려처럼 보이는 구두가 드러났다. 어깨에는 검은색 인조가죽 가방을, 그리고 손에는 책을 한 권 들고 있었다. 버스에서 읽고 있었던 것 같았다. 파란색 표지의 책 제목은 부하가 알지 못하는 외국어였다. 아마도 독일어일 거라고 부하는 생각했다. 그는 오래전 학교에서 독일어의 기초를 배웠지만 완전히 다 잊어버리고 말았다. 부하는 시인 여자에게 다가가서 왜 요즘은 시를 쓰지 않느냐고 묻고 싶은 마음을 아주 힘들게 억눌렀다(신문에서 시인 여자에 관한 기사를 전혀 읽지 못했으니 아마도 그녀가 더 이상 시를 쓰지 않는 것이라고 부하는 오래전부터 짐작하고 있었다). 당신의 시를 이처럼 애타게 기다리는 독자가 있는데! 하지만 그가 시인 여자의 시를 정작 한 편도 읽지 않았다는 사실까지는 당장 털어놓을 필요는 없으리라.

그는 모래 입자가 모래시계의 좁은 홈으로 혼신을 다해 빨려 내려가듯이, 그 어떤 동요도 소리도 없이, 과거의 어느 특정한 시간을 향해 일직선으로 빨려 들어갔다.

시인 여자는 마치 여대생처럼 가슴에 책을 껴안은 채로 집들이 늘어선 좁은 골목길 안으로 들어섰고, 부하는 흡수되듯이 그녀의 뒤를 따랐다.

엄청난 규모로 허공에 뒤엉킨 전신선들의 뭉치와 낡고 편평한 시멘트 지붕, 빨래 더미와 장미 다발, 거미줄, 지붕 위에 놓아 기르는 닭들 위로 여름 해가 지고 있었다. 그들은 시멘트 언덕으로 이루어진 오래된 옛 골목길, 가난한 이들의 폭이 좁은 주거지를 끝없이 걸어 올라갔다.

그들은 동시에 땀에 젖었다.

비록 그들의 육체는 십여 미터나 떨어져 있었으나 마치 하나의 육체처럼 호흡을 주고받았다.

시인 여자는 언덕의 거의 꼭대기에 있는 낮은 시멘트 집 안으로 사라졌다.

부하는 시를 읽지도, 쓰지도 않았지만 가끔 그림을 그렸다. 그의 어머니는 화가였다. 아버지는 문화부에서 근무했던 공무원으로, 어머니보다 나이가 열다섯 살이나 많았으며 겉과 속이 모두 고루하고 보수적인 사람이었다. 화제가 궁한 오후, 어머니는 아이였던 그에게 냉소적으로 털어놓곤 했다. "화가에게 정말로 필요한 건 남편이 아니라 스폰서란다."

몇 번의 이혼 위기가 있긴 했지만 부하의 부모는 그럭저럭 잘 극복하고 생의 마지막까지 함께했다. 부모와 같이 살던 시기에 그는 주로 어머니에게 막연한 연민을 느꼈지만, 지금은 집에서 그 어떤 자기 표현도 하지 않았던 아버지가 최소한 애인이라도 갖고 있었기를 바랐다. 굳이 말하자면 아버지는 분명 권위적이었으나, 그의 권위에는 자기가 없었다. 굳이 말하자면 아버지는 독재적이었으나 아무것도 통치하지 못했으며, 그의 독재에도 역시 자기가 없었던 것이다. 그는 누런 유령처럼 살다가 죽었다.

말년에 어머니는 아틀리에에서 밤을 새고 다음 날 점심때쯤 집에 돌아와서는, 소파에 앉아 물감 찌꺼기가 낀 손가락을 들여다보면서 오후를 보냈다. 지금 와서 생각난 거지만, 그의 어머니도 생의 마지막 몇 년간은 집으로 배달해주는 알약을 복용한 것 같았다. 어머니는 그것을 단순한 두통약이라고 했다. 그때나 지금이나 어머니를 잘 이해한다고는 할 수 없지만, 부하는 어머니의 어깨너머로 스케치를 배울 수 있었다.

배(ship)를 그려봐라, 하고 어머니는 처음에 말했다.

부하는 방명록에 배를 그렸다.

선사시대 동굴 벽화의 가장 오래된 형태에서 배는 '나'를 나타내는 상형문자이다.

부하는 어머니가 소리 내어 웃는 것을 한 번도 본 기억이 없었다. 대신 어머니가 『농담』이란 베스트셀러 시리즈를 즐겨 읽었던 것이 기억난다. 그것은 어머니의 유일한 독서였다. 어머니는 그에게 종종 『농담』의 몇 페이지를 소리 내어 읽어주기도 했다. 예를 들면 이런 이야기들.

예순 살 난 노부부가 바닷가를 산책하다가 호리병 하나를 발견했습니다. 남편이 호리병을 열자 그 안에서 한 줄기 연기가 흘러나오더니 곧 요정의 모습으로 변했습니다. 요정은 말했습니다. "정말 감사해요, 나쁜 마법사의 저주 때문에 천 년이나 호리병 속에 갇혀 있었던 나를 당신들이 구해주었군요. 보답으로 각자의 소원을 하나씩 들어줄 테니 말해보세요." 부인이 먼저 입을 열었습니다. "나는 커다란 정원 딸린 이층집이 갖고 싶어요. 수영장과 테니스장이 있고 이층 침실 창밖으로는 바다가 내다보이는 집 말이에요." "그 정도는 아무것도 아니에요." 요정이 말하더니 얍 하고 기합을 넣었습니다. 그러자 정말로 그들의 눈앞에는 아주 근사한 하얀 대리석 벽의 이층집이 짠 하고 나타났습니다. "다른 건 필요 없고, 난 서른 살 어린 여자와 함께 살고 싶습니다" 하고 이번에는 남편이 단호하게 소망을 밝혔습니다. "그것도 아무것도 아니지요." 요정은 다시 얍 하고 기합을 넣었습니다. 그러자 남편은 즉시 아흔 살이 되었습니다.

시인 여자가 사라진 집은 마당이 푹 꺼져 있으므로 지붕이 길바닥의 높이와 별반 차이 없이 야트막해 보였다. 정체불명의 그을음으로 시커먼 벽에는 비닐에 담긴 쓰레기 더미가 가득 쌓여 있었다. 시뻘겋게 녹슨 철제 대문 뒤편은 흐릿하고 으슥했다. 마당에는 진한 이끼 냄새가 축축이 고여 있었다.

아주 이상한 우연이지만 부하는 바로 조금 전 이 집에 살고 있는 한 여자에게 알약을 배달하고 돌아오는 길이었다. 여자는 유난히 어둑한 집 안의 그늘 속에서 살고 있었다. 문이 열리면 여자의 윤곽이 침침한 거울 속처럼 드러났다. 어둠과 그림자에 섞여 희석된 얼굴이 하나의 검은 창에서 또 다른 검은 창으로 빠르게 이동해갔다. 여자는 말없이 손을 뻗어 부하에게서 약

병을 받아들었다. 한여름 늦은 오후의 햇빛 속으로 여자의 오른손이 하얗고 또렷하게 드러났다. 방 안에서는 일기예보를 알리는 라디오 소리가 희미하게 들렸다. 병 하나에 보름치의 알약이 들어 있으니 특별한 변동이 없다면 그는 보름 뒤에 다시 이 집에 오게 될 터였다. 저 두 여자는 모녀 사이일까. 혹시 시인 여자도 그 알약을 함께 먹는 것은 아닐까.

부하는 집으로 돌아가는 길에 서점에 들러 농담 시리즈를 찾아보았다. 그의 어머니가 마지막으로 읽은 것이 『농담 3』이었다고 기억하는데 서점 주인은 그에게 얼마 전에 새로 나왔다면서 『농담 5』를 권했다.

"내 말을 좀 들어봐주시겠습니까?" 부하는 그날 밤 전화기에 대고 프리랜서 여니에게 말했다.

"그럼요, 당신 말을 듣겠어요. 그리고 내 말도 들어주세요. 그러기 위해서 당신은 전화한 거잖아요, 아닌가요?" 수화기에서 여니의 부드러운 목소리가 흘러나왔다.

"방금 읽은 책 내용을 들려주고 싶어서 그럽니다. 듣고 나서 정말로 재미있는지 어떤지 솔직하게 평가해준다면 고맙겠습니다."

"알겠어요." 여니는 수화기 저편에서 고개라도 끄덕이듯이, 진지하면서도 매우 진심 어린 목소리로 대답했다.

"스즈키라고 하는 한 일본인 학생이 미국 학교로 전학을 왔답니다. 선생님은 수업 시간에 묻습니다. '자유가 아니면 죽음을 달라' 이 말을 누가 했을까요? 아는 사람 말해봐요. 학생들은 모두 선생님의 시선을 피하고 교실은 침묵에 빠집니다. 그런데 스즈키만이 손을 번쩍 들고 의기양양하게 외치죠. '패트릭 헨리, 1775년 필라델피아에서'."

"굉장히 성실한 학생이네요, 그런 걸 다 외우고 다니고." 여니가 말했다.

"아직 끝이 아닙니다. 계속 들어보세요. 선생님은 스즈키를 칭찬하면서, 외국인인데도 미국의 역사를 열심히 공부한 스즈키를 본받으라고 말하죠. 그러자 교실 뒤편에서 누군가가 조그만 소리로 중얼거리는 게 들립니다. '재수없는 일본놈' 선생님은 화가 나서 소리치죠. '거기 누구야? 누가 그딴 소리를 했어?' 그러자 스즈키가 즉시 손을 들고 말하는 겁니다. '맥아더 장군, 1942년

과달카날 전투에서.' 다시 다른 학생이 빈정거립니다. '우웩, 역겨워 죽겠네.' 이번에는 선생님의 질문이 떨어지기도 전에 스즈키가 먼저 나서는 거예요. '조지 부시, 1991년 도쿄에서 다나카 수상과 함께 스시를 먹으면서.' 마침내 화가 치민 한 학생이 일어서서 스즈키에게 노골적으로 욕을 했습니다. '내 거시기나 빨아라.' 스즈키의 명쾌한 대답, '빌 클린턴이 모니카 르윈스키에게, 1997년 워싱턴 백악관의 오벌 오피스에서'."

"……."

"어떤가요, 이 농담 재미있나요?"

"글쎄요……." 여니는 주저하는 목소리로 머뭇거렸다. "분명히 재미가 없는 건 아녜요. 하지만 뭐랄까…… 그 농담은 미국인의 반 일본 정서가 만들어낸 인공적인 냄새가 너무 강하군요. 말하자면 농담이 아니라 정치적인 아이러니처럼 들려요. 웃기 위한 농담이라기보다는, 작정하고 덤비는 저널리스트가 써놓은 글 같아요. 펜을 가장한 칼 말이에요. 농담이란 단순히 유머러스할 뿐만 아니라 현실의 무거움을 좀 해탈한, 그런 것 아닐까요."

부하는 실망했다. 그는 『농담 5』에서 이 이야기를 발견하고 아마도 이것이, 언젠가 그들이 처음으로 대화를 나누는 날, 시인 여자를 다시 미소 짓게 만들지도 모른다는 기대를 가졌던 것이다.

"그리고 마지막에 빌 클린턴이 나오는 부분, 그게 개인적으로는 최악인 듯해요. 에로틱해야 할 부분에서 전혀 에로틱하지 않으니까요. 농담이란 성적인 암시로 완성되는 거라고 생각해요. 그런데 그건…… 마치 모든 인민을 불능으로 만들어버리는 정치적인 공격처럼 들렸어요."

이상스럽게 절망한 부하는 마리아에게서 받은 편지 이야기를 털어놓았다.

"십 년도 더 전에 칠레에서 단 한 번 만났던 마리아라는 여자가 나에게 천 달러만 부쳐 달라는 편지를 보내왔습니다."

"새로운 농담인가요?"

"아닙니다. 실제 이야기예요."

"몸을 파는 여자인가요?"

"반드시 그렇진 않지만…… 뭐 비슷하다고 해두죠."

"그동안 다시 만나거나 연락한 적도 없구요?"

"그렇죠. 난 이후로 칠레에 갈 일이 전혀 없었으니까요."

"아까의 농담보다 더 재미있네요."

"정말로 실제 이야기입니다. 마리아와 연락한 적이 없습니다. 연락처도 모를뿐더러, 지금은 그 여자 얼굴도 기억나지 않는걸요."

"오래전에 어떤 소설에서 바로 그런 비슷한 일화를 읽은 기억이 갑자기 떠올라요."

"무슨 소설입니까?"

"호르헤 아마도(Jorge Amado)의 소설. 브라질 작가였어요. 공산주의자였죠."

"국가는 인민이고 인민은 죽지 않는다. 그 말을 누가 했는지 아십니까?"

"모르겠는데요. 혹시 아마도가 했나요?"

"에이브러햄 링컨이라고 하네요."

"어디서 읽은 말인가요?"

"이 책에서요, 『농담 5』."

전화를 끊은 후 부하는 그날 은행이 문을 닫기 직전

에 바꿔두었던 백 달러 지폐 다섯 장을 봉투에 넣고 조심스럽게 봉했다. 그리고 겉에 마리아의 발파라이소 주소를 썼다.

부하는 일정한 거리를 두고 시인 여자를 지켜보는 일이 즐거웠다. 여자들은 대개 뭔가를 배우기 좋아하는데 시인 여자도 예외는 아니어서 독일어 교습을 받고 있었다. 일을 마치고 나면 시인 여자는 언덕 위의 가난한 동네로 갔다. 부하는 시인 여자의 집 유난히 낮은 담장에 기대 앉은 채, 어둑한 집 안에서 시인 여자가 나직한 소리로 책 읽는 소리를 들을 수 있었다. 그 집에는 두 명의 여자가 있었다. 부하가 정기적으로 알약을 배달해주는 고객과 시인 여자가. 그들이 어떤 사이인지 부하는 알지 못했다. 고객인 여자는 언제나 흐릿한 거울 같은 그늘 속에 머물면서 말없이 흰 손을 뻗어 부하에게서 약병을 건네받았으므로 부하는 그녀의 얼굴을 알지 못했다. 그 두 명의 여자들은 한 여자가 다른 여자의 그림자인 것처럼 보였다. 그녀들이 동시에 책을 읽을 때 그것은 구별할 수 없는 하나의 목소리처럼 들렸다.

시인 여자가 저녁마다 읽는 책은『눈먼 부엉이』였다.

시인 여자는 오디오 극장이라고 불리는 비밀스러운 소극장에서 일했다. 드나드는 사람도 거의 없고, 공연은 하루 한 번뿐인데 관객의 숫자는 항상 열 명이 채 안 되는, 규모가 아주 작은 극장이었다. 부하는 서울에서 태어나고 자랐지만 그런 극장이 있다는 것은 예전에 알지 못했다. 관객들은 주로 학교에 제출할 공연 리포트를 써야 하는 학생들이나 장님들이었다. 시인 여자는 하루 종일 혼자서 일했고, 혼자서 손님들에게 표를 팔았으며, 혼자서 도서관의 자료를 관리했고, 공연이 끝나면 혼자서 극장의 문을 닫았다. 시인 여자는 그 일을 즐기는 것처럼 보였다. 시인 여자는 일하면서 종종 의미를 알 수 없는 미소를 지을 때도 있었다. 하지만 그것은 단지 그녀가 홀로 있을 때만이다. 시인 여자는 하루 종일 극장 안에서 머물렀다. 시인 여자는 라디오의 일기예보 방송을 듣는 것이 취미인데, 그것은 보통의 일기예보가 아니라 뱃사람들을 위한 바다의 일기예보였다.

언젠가 부하는 시인 여자의 뒤를 밟아본 적이—'뒤

를 밟는다'라는 용어 속에 자동적으로 내포된 범죄적인 의미 때문에 그는 스스로의 행위를 이런 어휘로 표현하기를 꺼린다―있었다. 부하는 시인 여자에게서 어떤 다른 것을 기대하지 않았다. 그는 시인 여자를 단지 바라보기만 하는 지금의 상황이 무척 마음에 들었다. 그러므로 다른 목적이 있었던 것은 아니라 단지 그녀의 뒷모습을 오래도록 지켜보고 싶었을 뿐이다.

그날 시인 여자는 지하철을 타고 오래오래 갔다. 그리고 종점에서 다시 버스로 갈아탔다. 앙상한 땅 위에 세워진 도시 외곽 메마른 주거지들을 관통하고 드문드문 주유소와 낮은 아파트가 덩그러니 서 있는 너른 변두리 지역을 지나 어느 외진 정류장에서 내렸다. 사위는 빛 한 점 없이 어둡기만 했다. 건물이나 집들의 모습은 보이지 않았는데, 그것은 어둠 때문일 것이다. 파산으로 주인이 자살해버린 소규모 폐업 공장이나 수상한 창고가 들어서 있을 뿐 해가 지면 인적이 끊기는 휴경지의 한 귀퉁이처럼 보였다. 그곳의 도로는 거의 텅 비어 있으며 달 없는 하늘은 깜깜했다. 간혹 헤드라이트를 밝힌 자동차들이 도로를 질주해 갔다. 이곳에서라면 결코 멈출 이유가 없다는 듯이. 콘크리트 사막을 연상시키는 황량한 길가에는 지붕이 있는 버스 정류장만이 서 있었다. 버스 정류장 뒤편 공터에는 벽돌 부스러기와 앞 유리가 깨어지고 타이어가 달아나버린 자동차, 망가진 찬장과 소파 같은 쓰레기가 여기저기 흩어져 있었다. 어디인지 정확하지 않은 지점에서, 하지만 분명 그리 멀지는 않은 곳에서 개가 짖었다. 집 안에서 기르는 애완견이 아니라 덩치가 소처럼 크고 육중한 개가 위협적으로 짖었다. 그러자 다른 개들도 따라서 짖어댔다. 수많은 개들이 어둠 속에 있었다. 보이지 않는 무거운 쇠사슬이 보이지 않는 철장에 끌리면서 음산하게 절렁거렸다. 알려지지 않은 낯선 이방인의 등장에 짐승의 밤이 일제히 동요했다.

공터 뒤편의 소로로 접어든 시인 여자는 뒤돌아보지도 않고 타박타박 걸었다. 그녀의 발걸음이 점점 빨라지고 있었다. 그녀는 빛 한 점 없고 발아래 길조차 보이지 않는 어둠의 심장부를 똑바로 향했다. 그녀는 눈먼 부엉이처럼 어둠에 동요하지 않고 어둠과 하나가 되어 걸었다. 그 모습은 부하에게 경외심과 두려움을 동시에 불러일으켰다. 개 짖는 소리가 점점 더 가까이 다가왔다. 부하는 더 이상 시인 여자를 쫓아가다가는 그녀에게, 혹은 자신에게 불필요한 공포와 흥분을 야기하게 될지도 모른다는 불안한 생각이 들었다. 그것은 부하가 원하는 바가 아니었다. 인기척을 느낀 시인 여자가 뒤돌아보기를 원하지 않았다. 시인 여자가 부하를 보기를 원하지 않았다. 시인 여자가 부하를 '알게' 되기를 원하지 않았다. 그래서 그는 그 자리에서 우뚝 멈추었다. 시인 여자의 그림자는 빠른 속도로 어둠의 심연 속으로 흡수되어버렸다.

늦은 밤 집으로 돌아온 부하는 피곤했지만 수화기를 들고 여니의 번호를 눌렀다.

"나를 다른 세계로 데려다줘요" 하고 부하는 전화기 속의 프리랜서 여니에게 말했다.

"당신을 내 꿈의 엑스터시로 초대할게요. 이제 우리 떠나요. 내 손을 잡아요." 여니의 낮은 목소리가 부하의 귓속으로, 피부의 솜털을 자극하면서 입김처럼 부드럽게 스며들었다.

"우리는 어디로 가는 건가요?" 부하가 물었다.

"지금까지 아무에게도 알려지지 않은 장소를 찾아가는 거예요." 여니가 말했다.

"그런 장소가 정말로 있습니까?"

"그럼요. 눈을 감고 내 피부를 느껴봐요."

"우리는 알려지지 않은 장소를 발견하게 되나요?" 부하는 눈을 감은 상태로 물었다.

"우리는 세 개의 동굴을 찾아가요." 여니의 대답은 조금의 망설임도 없이 이어졌다. "첫번째 동굴은 우리를 끌어당기는 은밀한 공간인데, 그것은 우리가 그곳에서 나왔기 때문이에요. 동굴 속 비밀의 샘에서는 따뜻한 양귀비 꿀이 솟아난답니다. 향기롭고 달콤해요. 샘은 우리의 시작이며 종착지이기도 하지요. 우리는 개미가 개미지옥으로 빨려 들어가듯이 그 속으로 빨려 들어가요……."

"두번째 동굴은 환영의 동굴이어서, 우리를 아주 먼 땅으로 데리고 가지요" 하고 여니의 목소리가 점점 더 나지막하게 말했다. "우리는 술 항아리를 손에 들고 메마른 스텝 황야를 걷는데, 걸음을 옮길 때마다 항아리 입구에서 출렁거리는 우윳빛 액체가 우리의 발등으로 떨어지지요. 하얀 액체에서는 꽃 이파리를 발효한 술 냄새가 나요. 우리의 혀는 불타요. 그래서 항아리를 들어 그 속의 흰 술을 마셔보지만, 그래도 갈증은 영영 사라지지 않아요. 멀리서 단 한 번의 처절한 신음 소리와 함께 화산이 폭발해요. 분출된 흰 재와 마그마가 허공으로 터져 나옵니다. 그건 자연과 사물들이 동시에 죽는 순간이에요. 의식의 정지, 그리고 암전. 동공과 혈류가 멈추어버리는 순간. 모든 색채와 소리가 사라지고 모든 정체성과 밀도가 소멸하는 순간. 그러나 우리는 오직 항아리 속의 흰 술 한 방울을 마시기를 소망해요. 화산재가 하늘을 온통 가려버리는 그때, 신과 인간과 공룡이 동시에 죽음을 맞는 그 순간에 말이에요……."

부하는 여전히 두 눈을 감은 채, 바닥으로 떨어지는 마지막 하얀 술 한 방울을 받아먹으려는 듯 입을 벌렸으나 마른 입술과 혀는 텅 비어 있기만 했다.

"세번째 동굴은 컬트의 장소랍니다." 여니의 목소리는 느릿한 파도처럼 이어졌다. "세번째 동굴은 어둡고도 엄격한 비밀의 장소지요. 비밀 가운데서도 가장 은

밀하고도 두려우며, 금지된 곳이에요. 황소에게 욕정을 품은 여자들이나 딸과 동침한 남자들이 간다고 알려진 곳이죠. 하지만 또 다른 소문에 의하면, 금지의 봉인이란 단지 인간이 만들어낸 환각에 불과하다고 해요. 종교보다 더욱 원초적인 판타지가 바로 터부라는 거예요. 그곳이 불러일으키는 두려운 경외심은 더 이상 본질로서의 두려움이 아닌 쾌락을 배가시키기 위한 역설의 수단으로 전락한 지 오래라는 말도 있지요. 우리의 잠은 이제 세번째 동굴로 흘러들어가요. 우리는 뒤를 돌아보지 않고, 우리의 몸을 동굴의 기운에게 맡긴 채 나아가요. 우리는 넋을 잃은 상태예요. 사로잡혔으니까요. 무엇인가가 우리의 육신과 영혼을 강하게 빨아들여요. 우리는 이제 더 이상 우리가 아니에요. 우리는 우리 밖에 있는 비밀과 한 몸이 되고 있어요. 그건 숨 막히는 불안이고 가슴이 조여드는 공포이기도 해요. 하지만 그 무엇과도 비교할 수 없는 매혹이고 열락이기도 하지요. 우리는 홀린 듯이 금기를 향해 다가가는 것을 도저히 멈출 수가 없어요."

부하는 이미 잠이 들었다. 그는 팔다리를 움직일 수

없었으며 손끝 하나, 눈꺼풀 하나도 꼼짝할 수 없었지만 잠 속에서 프리랜서 여니의 목소리가 계속해서 속삭이는 것을 들을 수 있었다. 멀리서 개 짖는 소리가 희미하게 들려왔다. 집 안에서 기르는 애완견이 아니라 덩치가 소처럼 크고 육중한 개가 위협적으로 짖었다. 그러자 다른 개들도 따라서 짖어댔다. 수많은 개들이 어둠 속에 있었다. 보이지 않는 무거운 쇠사슬이 보이지 않는 철장에 끌리면서 음산하게 절렁거렸다. 부하는 자신이 깊은 동굴의 꿈을 꾸고 있다고, 동굴 속에서 물결처럼 파동하는 여니의 속삭임을 듣고 있다고 잠 속에서 생각했다.

"당신도 이제 알고 있겠죠, 세 개의 동굴은 나에게 속한 육신의 세 개의 구멍에 해당한다는 것을. 하지만 그것은 곧 당신에게 속한 장소이기도 하답니다. 왜냐하면 그 장소는 당신에 의해서 비로소 성격을 부여받았기 때문이에요. 육체가 교통하는 요소들이 없다면 우리는 그 어떤 다른 통로를 통해서도 지금 내가 당신을 아는 것처럼, 그리고 당신이 나를 아는 것처럼 존재할 수는 없을 테니까요. 열락의 거울상이 없다면, 우리의 원형은 존재하지 않아요. 그런 의미에서 세 개의 동굴은 세 개의 거울이에요. 사랑은 알려지지 않은 동굴을 찾아 헤매는 행위지요. 지상 어딘가에 있는, 깊고, 어둡고, 울림이 있으며, 증폭하고, 두렵고, 홀리게 만드는, 그리고 온전하게 사적인, 나를 위한 비밀, 단 하나의 배(ship), 단 하나의 숨겨진 장소……."

부하는 도서관으로 가서 시인 여자의 시집을 찾아볼 생각을 했다. 하지만 소규모의 지역 도서관에서 시인 여자의 이름은 그 어떤 서지 목록에서도 나와 있지 않았다. 시인 여자는 오래전부터 시를 쓰지 않고 있는 것이 분명해 보였다. '어쩌면 이름을 바꾸었을지도 몰라' 하고 부하는 생각했다.

부하는 간행물실을 찾아갔다. 적어도 자신이 보았던 이십 년 전의 인터뷰 기사만이라도 찾아보고 싶었기 때문이다.

"이십 년 전요?" 간행물실의 사서는 눈을 크게 뜨고 부하를 올려다보았다. "이 도서관은 개관한 지 사 년밖에 안 되었답니다. 그렇게 오래된 자료를 원하신다면 시립도서관으로 가서야 해요."

부하는 버스와 지하철을 갈아타고 시립도서관으로 향했다.

시립도서관에서 부하는 비치된 이십여 년 전의 모든 일간지를 이 년 치나 모조리 열람한 끝에—왜냐하면 그 자신이 정확히 어느 시기에 어떤 신문에서 시인 여자의 인터뷰를 읽었는지 구체적으로 기억해낼 수가 없었으므로—마침내 어느 해에 실린 작은 기사를 발견할 수 있었다. 당시 마흔아홉 살이던 시인 여자가 실종된 지 한 달 만에 자신이 살던 용산구 후암동의 집 천장과 지붕 사이 공간에서 시체로 발견되었다는, 부하 자신에게도 매우 생소하여 의심스럽기까지 한 내용의 기사였다. 더욱 의심스러운 것은 경찰이 시인 여자의 죽음을 자살로 추정했다는 내용이다. 사망자가 자살의 장소로 선택한 자리가 매우 예외적이기는 하지만, 외부 침입의 흔적도 없고 시체에 외상도 없었기 때문이다. 또한 그녀가 가슴에 치명적인 종양을 갖고 있었으며, 사인이 아사로 보인다는 것도 경찰의 자살 추정 이유였다. 아마도 그녀는 죽은 이후 아무에게도 발견되지 않을 장소를 스스로 골랐던 것 같다고 한다. 그 기사가 실린 신문은 『사건 24시』란 주간지였고 대개는 신빙성이 떨어져 보이는, 과장되고 선정적인 타이틀과 기사들로 채워져 있었다. 게다가 같은 시기의 다른 신문들은 전혀 그 사건을 언급하고 있지 않으므로 부하는 그 기사의 내용을 그대로 믿어야 하는지, 기사에 실린 시인 여자의 이름이 잘못되었거나 혹은 동명의 다른 인물인 건지, 확인해볼 도리가 없었다.

『사건 24시』의 기사를 의심할 만한 또 다른 근거는 천장에서 시체가 발견되었다는 날과 비슷한 시기의 어느 신문에—이번에는 『사건 24시』류의 신문은 아니었다—실린 또 다른 기사였다. 그 기사에 의하면 그해 가을 서울의 '붉은 살롱'이란 극장에서 아마추어 사진작가들의 전시회 오프닝이 있었는데, 그 전시회에서 시를 낭독했다는 사람의 이름이 시인 여자와 같았다. 그날 붉은 살롱에 있던 사람들의 증언에 의하면 그 여자는 고등어 비늘을 연상시키는 은박 장식이 달린 짧은 원피스를 입고 있었으며 긴 머리를 엉덩이까지 늘어뜨렸는데, 굵고 진한 주름이 촘촘하게 자리 잡은 얼굴에는 마마 자국이 가득했고 기미와 흉터로 피부는 끔찍하게도 얼룩덜룩했다는 것이다. 겨우 일 년 남짓 만나지 못했는데 그녀는 충격적일 만큼 다른 모습으로 변해버렸더군요, 하고 그 목격자는 전했다. 부하가 알고 있는 시인 여자와 이름과 나이가 같은 한 여자 시인이.

부하는 오래된 신문에 실린 만화를 보면서 오후의 나머지 시간을 보냈다.

간행물실에는 은퇴한 노인들 몇 명이 부하처럼 조용히 앉아 옛날 신문을 탐독하는 중이었다. 섬처럼 하나씩 떨어져 자리 잡은 그들은 서로 방해하지 않고 평화롭게 거리를 유지했다. 그들은 이십 년 전의 신문을 읽기 위해 일부러 도서관을 찾는 사람들이었다. 구십 살은 넘어 보이는 한 노인이 연필을 움켜쥐고는 신문기사를 한 글자 한 글자 수첩에 옮겨 쓰고 있었다.

오후 다섯시가 되자 사서가 그들에게 다가와 간행물실이 문을 닫으니 나가 달라고 했다. 부하는 시립도서관 앞의 거리를 목적 없이 어슬렁대다가 고등학생들로 와글거리는 분식집에 들어가 튀김국수를 한 그릇 사먹었다.

버스 안에서부터 크게 떠들어대던 옆자리의 남자 고등학생들은 부하와 같은 정류장에서 내렸다. 부하는 버스를 타고 오는 내내 의도하지 않았지만 고등학생들의 대화를 듣게 되었다. 그들은 오디오 극장으로 가는 중이라고 했다. 오디오 공연을 감상한 다음 리포트를 써내는 과제가 있다는 것이다. 물론 고등학생들은 화면이라곤 나오지 않는 오디오 공연 자체에는 큰 관심은 없었지만 그래도 설치미술 전시회나 쇼스타코비치 연주회보다는 나을 것이란 기대를 하고 있었다. 그중의 한 학생의 의견에 따르면 적어도 말로 이루어진 것이니 나중에 과제물을 써낼 때 덜 난감할 테니까. 부하는 한 손으로 이마를 짚은 채 조는 척하면서 그들 곁에 앉아 있었다.

체취가 왕성하면서 발음이 거칠고 투박한 고등학생들의 언어를 듣고 있는 동안 부하는 자신이 매우 내성적이고 소심하며 수줍음이 많은 남자 고등학생이었던 것을 기억해낼 수 있었다. 부하가 다닌 고등학교는 지극히 평범한 고등학교였다. 마피아와 그 조무래기들이 드글거렸다는 뜻이다. 부하와 같은 반에 있던 조무래기 한 명은 아예 주문형 백화점을 차려놓고는 아이들에게 구두 상품권이나 담배, 벗은 여자가 나오는 만화책 등을 사라고 졸랐다. 종종 아이들은 원하는 물건을 그에게 선주문하기도 했다. 그는 자신은 주문받은 물건은 뭐든지, 설사 그것이 일본인 여자 친구라고 해도, 구해다 줄 수 있다고 큰소리치곤 했다.

중학교와 고등학교를 함께 다닌 그 주문형 백화점 창업주는 부하에게 원하는 물건이 있느냐고 몇 번이나 물어보며 친절하게 굴었지만 부하는 그에게 한 번도 뭔가를 구해달라고 부탁한 적은 없었다. 부하는 내성적이어서 가까운 친구가 거의 없는 편인 데다가 교사들의 특별한 관심의 대상도 아니었다. 그런데도 운이 좋은 것인지 고교 마피아에게 큰 괴롭힘을 당하지는 않았다. 그 시절 부하의 감수성에 치명적인 타격을 입힌 사건은 엄격한 학교도 항상 불만족스러운 성적도 폭력 서클도 아닌, 하굣길에 우연히 마주친 한 여학생의 뒷모습, 한여름 밝은 회색의 교복 치마에 검붉은 생리혈로 이루어진 엄청난 크기의 얼룩을 묻힌 채 오래오래 걸어가던 그 뒷모습이다.

여학생의 뒷모습이 시야에 들어온 순간 지독한 충격과 공포 때문에 고교생 부하는 그 자리에서 얼어붙을 것만 같았다. 여학생은 부하의 앞쪽에서, 너무 빠르지도 너무 느리지도 않은 걸음걸이로 꼿꼿하게 등을 펴고 걷고 있었다. 그 의미는 곧, 부하는 여학생을 앞서갈 수도 없었고 길 한가운데서 아예 걸음을 멈추지 않는 이상 속도를 충분히 늦추어 그녀를 시야에서 사라지게 할 수도 없었다는 뜻이다. 여학생은 부하의 집과 같은 방향으로 똑바로 걸었다. 부하는 여학생이 우연히라도 뒤돌아보게 될 것이, 그래서 그들의 시선이 부딪히게 될 것이 미칠 듯이 두려웠다. 여학생의 생리 얼룩은 외면하거나 못 본 척하기에는 너무도 컸다. 부하는 경악으로 어느 정도 마비된 상태였지만, 그래도 여학생의 얼굴을 결코 보고 싶지 않다는 의지만은 분명하게 인식하고 있었다. 그녀의 얼굴을 알고 싶지 않았다. 그녀를 '알게' 되고 싶지 않았다. 그녀가 검푸른 빛이 나는 아름다운 머리카락을 가졌으며, 그녀가 섬세하고 길면서 모양이 아름다운 팔다리를 가졌으며, 그녀가 마마자국으로 심하게 얽은 얼굴을 가졌다는 사실을 알게 되고 싶지가 않았다. 그녀가 하나의 구체적인 얼굴로 자리 잡게 되기를 원하지 않았다. 그런데 그 순간 주문형 백화점 창업주와 그 일행들이—모두 마피아의 조무래기들인—부하의 뒤편에서 자전거를 타고 부하를 지나쳐 갔다. 늘 그렇듯이 학교에서 해방된 그들은 환호성을 지르면서 갔다. 신이 나서 휘파람을 불어댔다. 자전거들이 일제히 종을 울렸다. 세상의 모든 종이 동시에 요란하게 댕그랑거리는 듯했다. 자전거들이 부하의 뺨에 채찍처럼 휙휙 바람을 일으키며 지나갔다. 그건 삶의 광적인 환희와 속도였다. 부하는 마치 동시에 존재하는 두 개의 세계 사이로 우연히 걸어가게 된 것만 같았다. 그리고 그는 실제로 그렇게 하고 있었다.

"이런, 죄송합니다."

생각에 잠겨 있던 부하는 지팡이에 다리가 걸리자 당황한 나머지 두 손으로 지팡이를 잡으면서 고개를 숙여 사과했다. 하지만 지팡이를 들고 있는 소녀는 장님이었으므로 부하의 몸짓까지는 알아차리지 못했을 것이다. 소녀는 오디오 극장 안으로 들어서기 위해서 방금 몸을 튼 참이었다. 극장의 유리문은 열려 있었다. 언제나처럼 시인 여자가 작은 탁자를 입구에 내다놓고 입장권을 판매할 준비를 하고 있었다. 오후의 햇살이 목덜미를 달구었다. 아스팔트가 이글거렸다. 부하는 장님 소녀에게 길을 비켜주었다. 소녀가 몸을 돌리자 흰 한복 치마가 크게 너울거리며 거칠게 풀 먹인 무명천 냄새가 났다. 순간적으로 부하는 심장이 조여드는 불안을 느꼈다. 하지만 소녀의 치마는 갓 태어난 아이처럼 깨끗했다. 부하는 자신도 모르는 사이 천 원 지폐 두 장을 시인 여자에게 내밀고 있었다. 시인 여자는 고개를 드는 법도 없이 손을 내밀어 부하의 지폐를 받았다. 남자 고등학생들은 부하의 바로 뒤에 서서 표를 샀다.

아직 한 번도 오디오 공연을 보기 위해 극장에 들어선 적이 없는 부하는 느린 걸음걸이로 도서실 앞을 지나, 어느새 그를 앞질러 공연장 소파에 자리를 잡은 고등학생들 옆자리에 앉았다. 장님 소녀는 이미 극장 내부를 잘 알고 있는 듯 지팡이로 바닥을 디디면서 공연장으로 들어섰다. 부하는 자리에 앉은 다음에야 팸플릿 표지를 들여다보았는데, 거기에는 오늘의 공연 제목인 〈눈먼 부엉이〉가 인쇄되어 있었다. 이번 주 내내 같은 공연이었다. 그리고 팸플릿에 의하면 오늘은 오디오 극장의 마지막 공연 날이기도 했다.

남자 고등학생 중 한 명이 무슨 이유에서인지 장님 소녀를 보면서 혼자 킬킬 웃었다. 그러다 부하와 눈길이 마주치자 웃음을 뚝 멈추었다. 그리고 부하의 시선을 비난으로 오해한 듯 기분 나쁘게 부하를 노려보았다. 시인 여자가 공연장 사이드에 놓인 오디오 기기로 가서 음반을 넣었다. 그리고 그 자리에 선 채로 말했다.

"오늘의 공연은 서덱 헤더야트의 〈눈먼 부엉이〉입니다." 부하는 자신도 모르게 시인 여자의 목소리에 귀를 기울이는 스스로를 발견했다. 부하는 숨을 내쉬지도 들이마시지도 못하는 굳어버린 상태로 시인 여자의 말을 들었다.

시인 여자는 첫번째 문장 이후에 잠시 간격을 두었다가 다시 말을 이어나갔다.

"헤더야트는 이란의 작가로 『눈먼 부엉이』는 그의 대표작이죠. 고통과 몽환으로 가득 찬 분위기와 염세주의 미학으로 이름 높은 작품입니다. 특히 작품의 곳곳에 등장하는 신비한 반복 진술이 환상과 초현실주의적 효과를 느끼게 합니다. 테헤란에서 태어나 벨기에와 프랑스에서 공부한 헤더야트는 나중에 고국에서 평범한 은행원으로 일하면서 인도를 일 년 동안 여행했고, 그때 『눈먼 부엉이』를 썼습니다. 그는 최초로 『변신』을 페르시아어로 번역한 카프카 번역가이기도 했어요. 그의 생애에는 알려진 자살 기도가 한 번 있었습니다. 스물네 살이던 해 그는 파리에서 유학하고 있었습니다. 어느 날 카페에서 친구들과 만나고 돌아가던 길에 그는 센 강변 으슥한 곳의 한 낡은 다리 위에서 물속으로 몸을 던졌습니다. 그런데 마침 다리 아래의 보트에서 한 쌍의 연인들이 사랑을 나누고 있었던 것을 그는 알지 못했습니다. 남자가 즉시 강물 속으로 뛰어들어가 익사 직전의 헤더야트를 구했습니다. 헤더야트는 수영을 할 줄 몰랐으니까요. 그는 생전에 이란에서 문학적으로 인정을 받지 못했고 무명에 가까웠습니다. 그나마 그를 다룬 평론들도 그의 작품을 조롱하고 냉소하는 편이었습니다. 그뿐만 아니라 서구 문학의 영향을 진하게 받은 작품 활동은 그의 입장을 정치적으로도 곤란하게 만들었습니다. 그는 한 번도 결혼한 적이 없었습니다. 1950년, 가까운 의사가 그에게 진단서를 써주었습니다. 테헤란에서는 치료가 불가능한 병에 걸렸다는 진단서지요. 그 덕분에 헤더야트는 이란을 떠날 수 있었습니다. 그는 다시 파리로 갔고 1951년 4월 그곳에서 자살로 생을 마감했습니다……."

시인 여자는 머뭇거리듯 말을 그쳤다가 다시 입을 열었다. "자, 그럼 이제 오디오극을 시작하겠습니다……."

고등학생들은 펜을 꺼내 팸플릿 귀퉁이에 시인 여자의 말을 받아쓰고 있었다. 하지만 시인 여자가 작품 자체에 관해서는 소개를 빈약하게 해버리는 바람에 실망하는 눈치였다. 시인 여자는 낡은 행주처럼 펄럭이는 여름용 치마에 흰색 블라우스 차림이었다. 말을 마친 그녀가 몸을 돌릴 때 치마 아래로 힘줄이 불거진 앙상한 맨다리와 초라하게 작은 발, 새것으로 번쩍거리지만 이상하게 싸구려처럼 보이는 구두가 보였다. 머리는 등 뒤로 모아 묶었다. 구식으로 차려입은 수수하고 평범한 젊은 여자의 모습이었다. 부하의 눈에는 시인 여자가 의상에 관한 한 미숙한 수준이거나 조금은 관심이 없는 것처럼 보이기도 했다. 생각해보니 부하의 기억 속에서 시인 여자는 거의 항상 저런 차림이었다. 그녀는 혹시 다른 옷이 없는 것은 아닐까.

시인 여자는 오디오의 스위치를 켰다. 시그널 음악이 나왔고, 이어서 주인공의 독백이 시작되었다.

"삶에는 마치 나병처럼, 고독 속에서 서서히 영혼을 잠식해 들어가는 상처가 있다……"

그것은 오늘 처음 들은 시인 여자의 목소리였다. 그러나 부하는 이미 그 목소리를 알고 있었다.

그들은 아마도 부하가 생각한 것보다 훨씬 더 오래 전부터 아는 사이일지도 몰랐다. 시인 여자의 목소리는 그들이 찾아가고 있는 세 개의 동굴이었다. 소리가 들리지 않는 텔레비전의 화면 속에서 시인 여자가 입을 열면, 수화기 저편 프리랜서 여니의 목소리가 이렇게 말했기 때문이다.

멀리. 떠나지. 말아요. 단. 하루라도. 왜냐하면.

왜냐하면. 하루는. 길고.

나는. 당신을. 기다릴. 테니까.

부하는 오디오 극장의 유리문 밖에 서 있었다. 오디오 극장이 있는 작은 골목에는 저녁 산책을 나선 인근 주민들과 퇴근길의 사람들, 중년 여자가 운전하는 푸른색 자동차, 손을 마주 잡은 평범한 부부 혹은 사십 년 만에 다시 만난 초등학교 동창생처럼 보이는 한 남자와 여자가 보였다. 그들은 모두 일정한 속도로 앞으로 움직이고 있다가 문득문득 갑자기 생각난 듯이 동작을 멈추고는 길가의 간판이나 작은 상점의 진열장, 길가는 행인들이나 하늘을 올려다보았다. 새끼 고양이가 든 새장을 들고 가는 남자가 부하의 몸에 부딪쳤다. 그 남자는 무더운 날씨임에도 불구하고 두터운 겉옷 소매로 입을 가리면서 어눌한 목소리로 미안하다고 사과했다. 그러고는 마치 도둑처럼 서둘러 멀어져 갔다. 그의 뒷모습을 바라보면서 부하는 소매치기가 자신의 지갑을 가져가버렸다고 믿었다. 말없이 부딪히기, 그리고 급하게 사라지기. 이것은 소매치기들의 전형적인 행동 패턴일 테니까. 초조함이 몰려왔다. 주머니를 뒤져 지갑을 찾았다. 역시 지갑이 없었다. 그러나 다음 순간, 부하는 자신이 원래 지폐 몇 장만 들고 나왔고 지갑은 갖고 오지 않았음을 기억해냈다. 주머니가 불룩해지는 것이 싫었기 때문이다.

손을 마주 잡은 평범한 부부 혹은 사십 년 만에 다시 만난 초등학교 동창생처럼 보이는 한 남자와 여자가 걸음을 멈추었다. 여자가 얼굴을 들자, 길게 늘어진 지나치게 새까만 머리칼 사이로 거무스름한 피부에 뚜렷하게 나 있는 얽은 자국이 눈에 띄었다. 남자가 굳은살이 딱딱하게 앉은 손바닥을 들어 오디오 극장을 가리켰다. 얽은 얼굴의 여자는 애절한 사랑이 넘치는 표정으로 남자를 올려다보며 말했다. "당신, 편지에 쓴 것처럼 정말로 나를 떠나진 않을 거죠?" 그러자 바람 한 점 없는 대기 속에서 여자의 치마가 낡은 행주처럼 펄럭였다. 힘줄이 불거진 앙상한 맨다리와 초라하게 작은 발, 새것으로 번쩍거리지만 이상하게 싸구려처럼 보이는 구두가 드러났다.

그 광경을 보는 순간 갑자기 견딜 수 없는 두통이 몰려왔다. 저절로 비명이 튀어나올 만큼 극심한 통증이었다. 귓속에서 커다란 쇠종이 미친 듯이 울렸다. 부하는 그 자리에서 꼼짝도 할 수 없었다. 마치 누군가가 정수리에 커다란 대못을 쾅쾅 박아대는 듯한 통증이었다. 망치로 한 번씩 내리칠 때마다 부하는 절망적으로 머리를 움켜쥐어야만 했다. 부하는 자신이 어디로 향하는지 모르는 채로 두 팔을 허우적거리며 앞으로 걸었다.

통증이 어느 정도 물러가고 나자 부하는 현기증을 느끼며 눈을 들었다. 놀랍게도 아주 가까운 곳에, 문자 그대로 바로 눈앞에 시인 여자의 얼굴이 있었다. 시인 여자의 크게 뜬 눈동자 안에 부하 자신의 헝클어진 모습이 또렷하게 비치고 있었다. 크고, 최후의 꽃잎처럼 활짝 벌어졌고, 어떤 감정에 완전히 사로잡혔으며, 어떤 감정에 자신을 그대로 송두리째 내맡긴, 움직이지 않는 동공이었다. 부하 자신도 의식하지 못하는 사이 그의 두 손은 그녀의 얼굴 위에 있었다. 손바닥 바로 아래에 그녀의 움직이지 않는 얼굴이 있었다. 나는 하나의 감정이에요, 하고 말하는 얼굴. 하지만 실제로 손바닥에 닿은 것은 열기로 미지근하게 끈적이는 유리문이었다. 극장의 유리문은 닫혀 있었다. 시인 여자는 유리문 안쪽에 있었다. 시인 여자는 어떤 대답처럼 두 손을 천천히 들어올려 부하의 손이 있는 자리에 갖다 댔다. 그들의 손이 감촉도 없이 겹쳤다. 심장이 고요하고 빠르게 고동쳤다. 피가 무서운 소용돌이를 이루며 혈관벽을 두드렸다. 그들은 서로에게 닿지도 않은 채 하나가 되었다.

우리는 아무것도 아니에요, 하고 시인 여자가 입술을 움직여서 말하는 것 같았다. 사실 유리문은 두터워서 실제로는 아무런 소리도 들리지 않았으나, 부하는 순간 시인 여자가 분명히 자신을 향해 그렇게 말한다고 느꼈다. 우리는 아무것도 아니에요. 우리는 이제 아무것도 아닌 거예요. 우리는 아무것도 아닌 사이로 돌아가버린 다음이에요.

"우리는 오래전부터 서로…… 서로 잘 알고 있잖아요!" 부하는 자신도 모르는 격한 감정을 느끼며 이렇게 불쑥 말했다. "당신의 눈빛, 그리고 당신의 목소리, 모두 나에게 얼마나 가깝고도 친근한 것인데!"

그러자 시인 여자는 입을 조금 더 크게 움직이며, 다음과 같이 생각되는 문장을 말했다. 그건 모두 끝난 일이에요, 끝났다구요.

"세상에 이렇게 끝나버릴 수는 없어! 그러지 말고 문을 좀 열어봐요!"

안 돼요, 문을 열 수 없어요. 시인 여자는 고개를 저었다.

"왜 안 된다는 거죠?"

그러면 나는 죽게 되니까.

"죽는다고? 무슨 바보 같은 소리예요! 당신은 죽지 않아요! 당신은 코끼리처럼 오래오래 살면서 나와 함께 늙어갈 거예요! 당신은 죽지 않아! 죽지 않는다니까!" 부하는 팔을 크게 휘두르면서 격하지만 나직한 소리로 말했다. 아까부터 부하를 주시하던 건물 경비 두 명이 다가오는 것을 알아차렸기 때문이다. 경비원이 뭐라고 야단치면서 그의 팔을 잡았지만 부하의 귀에는 경비원의 말이 들어오지 않았다. "나는 미치지 않았어, 나는 술 취하지도 않았어, 나는 저 여자에게 아무 짓도 하지 않았어, 우리는 오랫동안 아는 사이야, 우리는 오랫동안…… 서로 바라보는 사이였어, 앞으로도 계속해서 그럴 거야." 경비원들은 부하의 중얼거림을 듣지 않았다. 그들은 부하를 미친 사람으로 생각했다. 아니면 술에 취했거나. 신호가 바뀌자 중년 여자가 운전하는 푸른색 자동차가 부르릉 하며 출발했다. 시인 여자는 석상처럼 굳어진 채 유리문 저편에서 크게 뜬 눈동자로 부하를 지켜보았다. 움직이지 않는 시인 여자의 동공 속에 부하 자신의 헝클어진 모습이 비치고 있었다. 시인 여자의 동공 속으로 부하 자신의 형상이 빨려들고 있었다. 모래 입자가 모래시계의 좁은 홈으로 혼신을 다해 빨려 내려가듯이, 그 어떤 동요도 소리도 없이. 이상할 정도로 마른 얼굴에 안와가 동굴처럼 움푹 패었으며 입술이 바삭 말라 있는, 흰자위를 가로지르는 붉은 실핏줄이 선명하게 보이는 얼굴.

3

그들이 눈을 뜬 것은 정오 무렵이었다. 커튼 없는 창을 통해 한낮의 뜨거운 열기가 좁은 방 안으로 밀려 들어왔다. 그들은 눈꺼풀 없는 눈동자처럼 눈이 부셨다.

그들이 눈을 뜬 것은 충분히 휴식을 취해서도 아니고 세계가 너무 환해서도 아니었다. 오직 너무 더웠기 때문이다. 참을 수 없을 정도로 더웠다. 방 전체가 이글거리고 있었다. 그들은 잠에서 반쯤 깬 상태로 냉장고에서 맥주와 오이를 꺼냈다. 그 냉장고는 마치 마법과 같았다. 문을 열 때마다 항상 맥주와 오이가 들어 있었으니까.

그들이 눈을 뜬 또 다른 이유는 베개 아래서 아야미

의 전화기가 울렸기 때문이기도 했다. 아야미는 오이를 손에 든 채로 전화를 받았다.

아야미는 잠시 동안 짤막한 몇 마디 대답만으로 이루어진 통화를 했다.

"이런 시간에 전화를 걸다니, 도대체 어떤 사람이란 말입니까" 하고 남자가 투덜거리면서 말했다.

"방송국이에요" 하고 아야미는 대답했다. "그리고 지금은 정오니깐 전화를 걸기에 결코 부적절한 시간은 아니지요."

"미칠 듯이 더우니까 하는 말입니다." 남자가 손에 맥주 캔을 든 채 혼잣말로 중얼거렸다. "게다가 몇 시간 자지도 않았는데 어떻게 벌써 정오가 될 수 있다는 건지."

그의 중얼거림은 어느 정도 투덜거리는 불평처럼 들렸다. 남자는 잠시 좁디좁은 방 안을 말없이 둘러보았다. 침대 곁 탁자에는 성분을 알 수 없는 푸른색 알약 병이, 선반에는 커다란 상자 모양의 노란색 라디오가 있었다. 골동품 가게 아니면 벼룩시장에서나 볼 수 있는 물건이었다. 텅 비어 있는 책장에 꽂힌 한 권의 책이 눈에 띄었다. 남자가 처음 들어보는 작가가 쓴 『눈 먼 부엉이』였다. 침대와 가구가 차지하지 않은 나머지 공간은 한 사람이 돌아다니기에도 비좁아 보였다. 창은 열려 있지만 가까운 곳에 더러운 담장이 서 있는 바람에 신선한 공기라고는 한 줌도 들어오지 않았다. 대신 일단 침입한 햇빛과 열기는 절대 밖으로 빠져나가지 못하게 막는 듯했다. 가느다란 판자 창턱에는 햇빛에 녹아서 형체가 구부러진 양초가 있었고 탁자 위 알약 병 곁에는 편지를 쓰다가 만 듯이 종이와 연필이 놓여 있었다.

남자는 돌아누우며 다시 중얼거렸다. "공기가 젖은 담요보다 더 축축하고 무거워……. 난 잠이 부족해……. 찬물을 받아놓은 욕조에 들어가서 잠을 더 자야겠어요……. 욕실이 어디지요?"

"욕실은 없어요." 아야미가 눈을 감은 채 차가운 오이를 씹으면서 대답했다. 그러자 그때까지 아야미와 마찬가지로 거의 잠든 얼굴이던 남자가 여전히 돌아누운 채로 눈을 번쩍 떴다.

"뭐라고? 그럼 샤워는 어디서 한단 말입니까?"

"부엌에 수도꼭지가 있고 양동이도 하나 있으니 거기서 물을 받아서 씻으면 돼요."

아야미는 태연한 어조로 천천히 대꾸했다.

"뭐라고? 수도꼭지라고?" 남자가 큰 소리로 투덜거렸다. 힘겹게 몸을 일으킨 남자는 방 밖으로 나가 바로 연결된 부엌을 살펴보더니 물방울이 똑똑 떨어지는 수도꼭지를 발견하고는 머리통을 좌우로 세차게 흔들었다.

그는 다시 방으로 돌아와 침대에 벌렁 누웠다. "수도꼭지라고? 대륙의 반대편으로 열두 시간이나 비행기를 타고 날아왔는데 찬물로 샤워도 못 한 채 돼지처럼 땀을 흘려야 하다니."

남자는 투덜대면서 탁자에 놓아두었던 맥주 캔을 비웠다. 그리고 눈을 감았다. 피곤에 지친 남자는 금세 다시 잠이 들었다. 하지만 몇 시간 후 남자는 눈을 번쩍 떴다. 당신도. 이제. 알고. 있겠죠. 세. 개의. 동굴은. 나에게. 속한. 육신의. 세. 개의. 구멍에. 해당한다는. 것을. 하지만. 그것은. 곧. 당신. 에게. 속한. 장소. 이기도. 하답니다. 왜냐하면. 그. 장소는. 당신에. 의해서. 비로소. 성격을. 부여. 받았기. 때문이에요. 우리는. 무엇. 일까요. 육체가. 교통하는. 요소들이. 없다면……. 한낮. 의.
기온. 섭씨. 삼십. 구도. 바람. 없음. 그늘. 없음. 화상의.
위험. 삼십. 구도. 바람. 없음. 그늘. 없음. 한낮. 의. 도시.
신기루. 현상. 이. 나타날. 예정. 바람. 없음. 구름. 없음.
하늘. 의. 색깔. 없음…….

"이게 무슨 소리지요?" 남자가 천장을 향해 똑바로
누운 채로 물었다.

"라디오예요."

아야미는 침대 가장자리에 앉아 땀으로 축축해진 블
라우스를 벗으면서 대답했다.

"하필 왜 지금 라디오를 켠 겁니까?" 남자의 목소리
는 화를 억누르는 기색이 역력했다.

"저절로 켜진 거예요."

"그럼 다시 꺼요."

"안 돼요. 그건 불가능해요."

"왜 불가능하다는 겁니까?"

"라디오는…… 스위치가 고장이 났거든요. 그래서
저절로 켜졌다가 저 혼자 저절로 꺼져버리곤 해요."

"그럼 코드를 뽑아버리면 되잖아요."

"안 돼요. 그건 불가능해요."

"왜 불가능하다는 겁니까?"

"나는…… 전자 노이즈가 무서우니까요. 그건 가스나, 칼, 번개처럼 무서운 거니까요."

남자는 이제 완전히 잠이 달아난 얼굴이었다. 그는 똑바로 누운 채로 조용하게 말했다.

"여니, 당신은 나를 화나게 하려고 일부러 그러는 것 같군요."

"일부러 그러는 게 아니에요. 봐요, 라디오는 이제 멈추었잖아요. 그러니 익숙해지면 전혀 신경 쓰이지 않을 거예요. 그리고 나는 여니가 아니에요."

"여니가 아니라고? 그러면 당신은 누굽니까?" 남자가 깜짝 놀란 목소리로 물었다. "편집장이 말하기를, 인천공항에 도착하면 여니가 마중 나올 거라고 하던데. 그래서 나는 어젯밤, 아니 오늘 새벽에 당신을 처음 만나면서부터 당신이 당연히 여니일 거라고 믿고 있었단 말입니다."

"나는 당신이 이미 여니와 아는 사이라고 들었는데요. 유럽의 기차에서 우연히 옆자리에 함께 앉아 여행을 했다고 말이죠. 아닌가요?"

"여니라는 여자와 기차에서 우연히 함께 앉아서 여행했던 것은 내가 아니라 내 담당 편집자였어요. 그가 여니에게 내 일을 도와줄 것을 부탁한 것이고." 남자는 한숨을 쉬었다. "당연히 나는 여니라는 여자를 한 번도 본 일이 없고, 편집자에게 소개받기 전까지는 전혀 그 존재를 알지도 못했지요. 지금도 여전히 이름 말고는 아는 게 없지만. 하여간 여니가 누구든 간에, 편집자는 내가 이번에도 원고를 가져가지 못하면 날 죽이려 들 것만은 분명해요."

"나도 마찬가지로 여니에게서 부탁을 받았어요. 당신이 시 쓰는 것을 도와주라고. 그런데 구체적으로 시인의 글쓰기를 어떻게 도울 수 있는지에 관해서는 여니는 한마디도 하지 않았어요."

"난 시인이 아니오." 남자가 무뚝뚝하게 내뱉었다. "나를 시인이라고 부른다면 그건 기분 나쁜 일은 아니지만 너무 과장해서 미화를 시킨 거지요."

"그럼 당신은 누군가요?"

"난 볼피라고 합니다."

"글을 쓰러 한국에 온 시인이 아니라면 무슨 일로 온 건가요?"

"내가 글을 쓰러 이곳에 온 것은 맞아요. 하지만 시는 아니지."

"그럼 어떤 글인데요?"

"난 추리소설을 씁니다."

"미안해요. 여니가 시인이라고 말을 하는 바람에……."

"미안해할 필요 없어요. 하지만 여니라는 사람이 날 뭐라고 표현했는지 갑자기 조금 궁금해지는군요."

"시인이 올 거야."

"뭐라고?"

"여니는 똑똑하게 말했어요, '시인이 올 거야' 하고."

그들은 고개를 돌려 서로의 얼굴을 똑바로 마주 보았다.

추리소설 작가는 둥글고 통통한 얼굴에 길고 구부정한 등과 긴 팔을 가진 남자였다. 땀을 흘리며 침대에 누워 있었던 덕분에 이마에 찰싹 달라붙은 그의 머리칼은 짙은 갈색이었고, 땀에 젖어 짙게 보이는 그의 셔츠는 원래 밝은 갈색이었을 것이다. 오후의 태양 빛이 이 집으로 가장 환하게 비쳐드는 시간, 숱이 많은 갈색 눈썹 아래 추리소설 작가의 눈동자는 창백할 정도로 환하고 밝은 갈색이었다. 눈동자를 감싸고 있는 속눈썹과 팔과 손등의 체모도 한 올 한 올 눈부신 오후의 햇빛 속에서 무색에 가까운 투명한 갈색으로 반짝이고 있었다. 그것은 상황에 따라서 서른다섯 살로도, 예순다섯 살로도 보일 수 있는 얼굴, 아야미가 이처럼 가까이서는 한 번도 보지 못한 종류의 얼굴이었다.

"그런데 이제, 아마도 지금은 오늘 한낮이겠지요. 우리가 하루 내내 잠을 잤고 오늘이 바로 내일이 아니라면 말입니다."

"지금은 오늘 한낮이에요. 내일 한낮이 아니랍니다." 아야미가 진지한 목소리로 대답했다. "더 정확히 말하면 한낮이라고 하기에는 시간이 좀 많이 지났지요. 지금은 오후 여섯시예요."

"뭐라고? 조금 전에는 정오라고 하지 않았나요?"

"그건 여섯 시간 전의 일이죠."

"내가 그사이 또 잠이 들었나보군. 이렇게 더운 방에

서 사람이 잠을 잘 수 있다는 사실이 신기할 뿐입니다."

"위로가 될지는 모르겠지만…… 바깥은 더 더워요."

"어떻게 알지요?"

"잠시 외출했었거든요."

"어젯밤, 아니 오늘 새벽에 공항에 도착하면서부터 겪은 일들이 마치 악몽의 연작 같군요." 불피는 한숨을 내쉬며 말했다. "마치 이 기분은…… 내가 원래는 헬싱키로 가는 비행기를 타려고 했는데, 우연히도 탑승 게이트를 착각하는 바람에 엉뚱한 땅으로 가는 엉뚱한 비행기를 탔고, 그래서 엉뚱하게도 열두 시간이나 날아와서 잘못된 목적지에 도착한 느낌입니다. 한마디의 말도 알아듣지 못하고, 그 어떤 정보도 없으며 한 명도 아는 사람이 없는, 심지어 이름이 무엇인지조차 모르는 그런 나라."

"그래도 당신은 공항에 마중 나온 사람이 있었잖아요."

"그런데 그게 내가 원래 예상하던—예를 들자면 헬싱키의 여니—사람이 아니라 다른 엉뚱한 여자였다는 것이죠. 그러니 난 지금 잘못된 비행기를 타고 잘못된 목적지에 떨어진 것이나 다름없는 기분입니다. 더 이상 여기가 어딘지 확신할 수도 없군요. 당신이 이곳을 북경이나 타이페이라고 해도 그대로 믿을 수밖에 없는 거지요. 그런데 내가 우연히도 서울에 있는 것이란 짐작이 문득 드는데, 맞나요?"

"맞아요." 아야미는 간단하게 대답했다.

"이틀 밤이나 잠을 자지 못한 다음 이곳으로 날아왔으므로 난 어젯밤, 아니 오늘 새벽 죽을 만큼 피곤했습니다. 그런데 공항에 도착해보니, 놀랍게도 국제공항이란 곳이 정전이었어요. 그래요, 유례없는 일이라는 말을 듣긴 했지요. 어둑하고, 침침하고, 흐릿하고 모든 사물이 그림자에 가렸고, 천장이 낮은 눈먼 공간. 입국장의 줄은 한없이 긴데, 무엇보다도 견딜 수 없이 끈끈한 공기가, 묵직하고 더운 안개 같은 공기가 피부에 달라붙는 것이, 마치 보이지 않는 거머리 떼처럼, 숨을 막히게 했죠. 한 시간 정도 입국장에서 하염없이 기다린 다음에야 입국 수속을 시작할 수 있었습니다. 하지만 여전히 전등과 에어컨은 작동되지 않았구요. 난 녹초가 되었지요. 그래서 어젯밤에, 아니 오늘 새벽에 당신에게 아무것도 묻지 못했던 겁니다. 이곳으로 오는 택시 안에서 나는 내내 정신없이 잠을 잤던 것 같군요. 그런데 아침이 채 밝기도 전에 이곳에 도착해서는, 택시에서 내려 이 언덕 위까지 무거운 여행 가방을 끌고 올라와야 했지요. 새벽임에도 불구하고 얼마나 더운지, 게다가 사우나처럼 수증기로 가득한 공기에, 난 그야말로 땀투성이가 되었죠. 하지만 너무 피곤해서 옷을 갈아입을 여유도 없이 씻지도 못하고 그냥 침대에 쓰러져 잠이 들어버렸단 말입니다. 물론 난 바다가 내다보이는 호텔 욕조에서 목욕을 하고 유럽식 아침 식사를 한 후 야자수가 있는 대리석 난간 발코니에서 싱가포르 슬링을 마시며 작업을 하려고 이곳에 온 것은 아닙니다. 난 그런 귀족 작가가 아니에요. 그 사실은 다른 누구보다도 내 편집자가 잘 알고 있죠. 여기서의 본론은, 내 여주인공이 죽었습니다. 아직 이름도 정체도 모르는 여주인공이긴 하지만. 그녀는 어디서 왔을까요? 그녀는 누구일까요? 나는 그녀가 아시아의 어딘가에 살고 있다고 설정을 했습니다. 정확히 말하자면, 내가 잘 알지 못해야만 하는 극동 아시아의 어느 한 도시에서, 여니라고 불리는 한 여자의 집에서 말이죠. 그래요, 불행한 여자죠. 여니가 아니라 내 여주인공 말입니다. 혹은 여니가 바로 나의 그녀, 여주인공일까요? 하여간 여니에게 돈은 없지만 남자는 있었지요. 그런데 돈은 다 같은 돈이지만 남자는 제각각 다른 법이 아니겠습니까. 그러므로 어떤 남자인가 하는 것이 문제겠지요. 하지만 우리 중 누가 과연 덜 불행할까요. 나는 그녀의 행적을 따라가면서 글을 쓰기를 원합니다. 그래서 여기까지 오게 된 것이구요. 하지만 그녀가 서울 산꼭대기의 욕실도 없는 허름한 콘크리트 오두막에서 무더위에 숨이 막혀서 죽었을 거라고는 아직 상상해보지 못했군요. 이 집에 시체가 들어앉을 만한 공간이 따로 있는지도 의심스럽습니다. 반드시 이 집에 시체를 숨겨야 한다면 아마도 지붕 밑 천장밖에 없을 듯하군요. 어쨌든 난 그런 장소를 찾아야 해요. 그런데 갑자기 내가 여니라고 착각한 정체 모를 어떤 여인에게 납치라도 당해서 아주 엉뚱한 곳에 와 있는 건지도 모르겠다는 생각이 드는군요.”

“너무 빠르게 말하지 말아요. 그렇게 한꺼번에 너무

많이 말하지도 말고 이상한 아이러니도 너무 많이 쓰지 말아요. 그러면 당신 말을 전혀 알아들을 수가 없어요."

"어차피 당신에게도 나에게도 별로 중요한 내용들이 아닐 테니 상관없어요. 그런데 당신이 여니가 아니라면 도대체 누군가요? 아니, 설명은 필요 없고, 그냥 내가 뭐라고 불러야 할지 이름만 말해줘요. 이름이 뭐죠?"

"아야미."

"아야미, 이 무더운 날씨에 도대체 어디를 갔다 온 겁니까?"

"방송국에요."

"거기서 근무하나요?"

"아니에요. 다른 일로 간 거예요."

아야미는 부엌으로 가서 수돗물을 틀고 양동이에 물을 받아 몸에 끼얹어가면서 샤워를 했다. 물줄기가 시멘트 바닥으로 떨어지는 소리가 한동안 요란하게 들리다가 그쳤다. 그녀가 다시 방으로 돌아오자 침대에서 일어나 앉은 볼피는 겉옷 주머니에서 꺼낸 팸플릿을 보여주며 물었다.

"이런 이상한 물건이 주머니에 들어 있습니다. 사실 난 공항에서 소매치기를 당했다고 생각했지요. 침침하게 어두컴컴한 입국장을 빠져나오는데, 사람들은 모두 어둠 속에서 산처럼 커다란 짐과 가방과 함께 어우러진 채 희박한 그림자의 덩어리가 되어, 마치 저 세계로 가는 정거장을 통과하는 유령들처럼 보였습니다. 배낭을 지고, 수레를 끌면서, 짐의 무게와 부피가 장례식의 방명록처럼 자신의 최종 증명과 어떤 결정적인 연관이 있다고 확신하듯이 말이죠. 그때 어떤 남자가 내 몸을 세게 치면서 지나갔습니다. 처음에는 더위에 머리가 돌아버린 미치광이인 줄로만 알았습니다. 숨 막히는 날씨임에도 불구하고 두터운 외투를 입고 더구나 손목까지 덮는 긴 옷소매로 입까지 가리면서 다녔으니까. 게다가 폭이 큰 소매 아래에 새장 같은 물건을 숨긴 것 같았지만 이미 말했듯이 정전이라서, 실내에는 아주 흐릿한 비상구의 조명밖에 없었으므로 정확히 볼 수는 없었죠. 하여간 그래서 난 생각했죠, 신용카드를 가져오지 않은 것이 얼마나 다행인지 몰라. 게다가 지갑도 겉옷 주머니가 아니라 배낭 속에 넣어두길 잘했지 뭐야. 조심해 볼피, 여긴 외국이잖아. 단순한 외국이 아니라 네가 한 번도 와보지 못했고 말도 전혀 통하지 않는 외국. 나는 당장 공항경찰에게 달려가 외투 차림의 남자를 신고하려고 했는데, 정전 통에 아무것도 보이지 않았어요. 어차피 소용없는 짓이었겠지요. 경찰들도 눈을 반쯤 뜨고 잠을 자고 있었을 것이 분명합니다. 그런 상황에서 공항경찰이 어디에 있는지 찾을 수나 있었을까요? 그들이 영어를 알아들었을까요?"

"너무 빠르게 말하지 말아요. 그렇게 한꺼번에 너무 많이 말하지도 말아요. 당신 말을 하나도 못 알아듣겠어요."

"젠장, 미치겠네. 공항에서 누가 날 치고 지나가서 소매치기당한 줄 알았다구요!"

"그랬나요? 소매치기당한 물건은 뭔데요?"

"그런데 소매치기가 아닌 듯합니다. 설사 그가 소매치기라 해도 적어도 내 주머니에서 뭔가를 가져간 건 아니에요. 대신 뭔가를 넣어둔 것이 틀림없어요. 왜냐하면 지금 주머니를 뒤져보니 이런 낯선 팸플릿이 들어 있는데…… 전시회 광고물 같군요."

"네. 맞아요……. 이건 사진 전시회 광고물이군요."
아야미는 볼피가 건네준 팸플릿을 살펴보면서 말했다.
아야미는 나직하게 제목을 읽었다. "우리는 어디에서
왔는가, 우리는 무엇인가, 우리는 어디로 가는가."

"그건 무슨 소리지요?"

"사진 전시회 제목이에요. '우리는 어디에서 왔는가,
우리는 무엇인가, 우리는 어디로 가는가'."

"이 나라에서는 전시회 홍보를 독특한 방식으로 하
는군요." 볼피는 전혀 비꼬는 투가 아닌 매우 진지한 어
조로 말했다. "한국인 사진작가의 전시회인가요?"

"전문 사진작가가 아니라 시인들이 찍은 사진 전시
회예요."

"시인이라."

"관심이 있다면 한번 들러보세요, 전시장도 여기서
멀지 않은 한 극장이라는군요. 게다가 오늘은 오프닝
이라서 밤늦도록 개장한다고 하네요."

"그러지요. 어차피 시내 풍경을 스케치할 필요가 있
으니까."

"난 말이죠, 오늘 새벽 공항에서……." 아야미는 천

천히 말을 꺼냈다. "공항에서 갑자기 세계의 모습이 눈앞에서 사라져버리는 바람에 깜짝 놀랐어요. 비일상적으로 환하게 불을 밝힌 공항 입국장 전체가, 입국장의 출입문이, 그 안에서 곧 모습을 나타낼 당신과 함께, 탁 하는 소리도 없이 눈앞에서 스윽 꺼져버렸어요. 마치 사물들이 아니라 내 눈동자가 사라져버린 듯했죠. 나는 반사적으로 손을 들어 어둠의 허공을 더듬었어요. 하지만 눈을 깜빡이면, 어둠 속에 형체들이 있어요. 실체가 아닌 형체들이…… 그들은 때를 놓치고 느리게 달아나는 유령들 같았어요. 사물의 죽음 이후에도 지상에 남아 있게 된 영혼 말이에요."

"그런데 지금도 이해할 수 없는 점은, 그 어둠의 한가운데서 우리가 어떻게 서로를 알아보았을까 하는 것입니다."

"당신은 게이트를 통과한 후에, 마치 나를 알고 있는 것처럼 똑바로 나를 향해서 걸어왔으니까요."

"그건 정말이지 우연이었어요. 난 무작정 앞으로 걸었을 뿐이라니까요."

"그리고 당신은 마치 나를 향해서 인사를 건네는 사람

처럼, 광장 한가운데 석상의 짙은 그림자 속에 선 사람처럼, 한 손을 들어올렸지요. 그리고 가볍게 주저하면서 나를 향해 천천히 흔들었어요."

"아야미 그건 정말이지 우연이었다니까요. 난 단지 앞이 보이지 않아 너무나 답답한 바람에 그냥 어둠을 좀 헤쳐보려고……"

"그래서 나는 당신이, 바로 당신인 줄…… 알아차렸던 거예요."

아야미는 구부러진 양초가 놓인 창가에 앉아 머리를 말렸다. 전시회 팸플릿은 그녀의 무릎 위에 있었다. 부엌에서는 솥에서 밥이 끓는 냄새가 났다. 창을 통해서 흠뻑 젖은 담요보다도 더 묵직하고 둔중한 더운 공기가 선풍기도 에어컨도 없는 좁다란 방 하나짜리 집 안으로 뜨거운 살덩이처럼 밀려들었다.

"당신은 무슨 일을 합니까?"

한동안 말없이 아야미를 지켜보던 볼피가 입을 열어 물었다.

"난 배우예요. 지금 당장 일을 맡은 건 없지만."

"아, 그래서 방송국에서 전화가 오는군." 볼피가 혼 잣말로 중얼거렸다. "그러면 영화에도 출연했나요? 아 니면 주로 연극 무대에서 활동을 하는 겁니까?"

"카메라 앞에서 연기를 해본 건 단 한 번, 아주 젊은 감독의 퍼포먼스 필름에 출연한 것뿐이에요. 4분짜리 영화였죠. 대본도 콘티도 없는."

"퍼포먼스 필름이라면?"

"우리는 그 안에서 즉흥적으로 끊임없이 말을 해야 만 했어요. 시내 버거킹에 모여서요. 자정 무렵이었죠. 그런데 그 대화 속에는 반드시 세 가지 특정 단어가 들 어가야만 했구요."

"세 가지 단어가 뭐였는데요?"

"기저귀, 그리스, 그리고 비밀."

"가만있어 봐, 지금 그리스에서 전화가 왔단 말이야, 비밀이니까 다들 엿들으면 안 돼, 그런데 저건 뭐지? 앗, 기저귀가 바닥에 떨어져 있잖아, 뭐 그런 식이란 말 이죠?"

"네. 맞아요."

"당신은 어떤 역할을 맡았나요? 만약 역할이란 것이

있었다면 말이지만."

"난 눈먼 소녀였어요. 거친 무명천 옷을 입고 삼베 샌들을 신고 흰 지팡이를 손에 든 채 버거킹으로 들어가서 갈색 양복을 입은 남자 배우와 부딪힌 다음 그와 대화를 시작하는 거죠."

"흥미롭군요."

"우리는 각자의 숙모님에 대해서 대화를 나누었어요. 돈 많은 숙모님."

"나도 그런 숙모님이 한 명 있기는 했는데. 그랜드 피아노가 세 대나 있고 풀장 딸린 큰 집에서 사셨지. 까다롭고 무서운 분이셨죠. 하지만 이미 오래전에 돌아가셨어요. 교통사고로."

"교통사고라니, 버스 사고였나요?"

"아닙니다. 제브라 존에서 이웃 사람의 차에 깔렸어요. 신장이 망가지는 바람에 두 달 동안이나 소변을 보지 못하고 고통받다 사망했지요."

"이상해요." 아야미는 볼피의 얼굴을 진지하게 응시하면서 말했다.

"이상할 것 없어요. 자동차가 숙모님의 배를 깔아뭉

개버렸으니까."

"그게 아니라, 당신의 입술을 읽을 수 없는 것이 이상해요."

"아야미, 당신은 입술을 읽는군요."

"그래요. 대개의 경우는. 당신의 말을 상당 부분 알아들을 수는 있는데 입술을 읽을 수 없다는 것이 낯설어요. 낯선 감각이에요."

그들은 냉장고에서 맥주와 오이를 꺼냈다. 그 냉장고는 마치 마법과 같았다. 문을 열 때마다 항상 맥주와 오이가 들어 있었으니까. "해마다 이맘때면 나는 가슴에 커다란 앵무새를 안고 현실에는 존재하지 않은 차가운 물이 담긴 욕조 속으로 기어들어가 잠드는 꿈을 꾸곤 해요." 아야미가 말했다. "앵무새가 내 가슴을 발톱으로 파면서 아주 크고 길게 소의 울음소리를 낸답니다. 그것은 내 감정이 일 년 중 가장 아득한 먼 곳까지 확장되는 순간이기도 하지요."

볼피는 부엌 바닥에서 샤워를 마친 지 오 분도 지나지 않았으나 피부가 다시 끈적해지며 뜨거운 공기가 모공에 달라붙는 것을 느꼈다.

"여자의 시체는 천장에 있지만 아직 그것은 아무에게도 알려지지 않았다." 볼피가 노트북을 꺼내 두 개의 집게손가락을 젓가락처럼 치켜들고 톡톡 문장을 쳤다. "우리는 어디에서 왔는가, 우리는 무엇인가, 우리는 어디로 가는가."

"뭘 중얼거리는 건가요? 벌써 글을 쓰고 있는 거예요?" 아야미가 물었다.

"그냥 첫인상을 스케치하는 겁니다. 신경 쓰지 말아요." 볼피는 계속 자판을 두드리면서 대꾸했다.

"난 쌀밥밖에 할 줄 모르는데, 그래도 먹을 건가요?" 아야미가 부엌으로 나가면서 물었다.

볼피는 대답하지 않고 계속해서 문장을 쳤다(그는 문장을 치면서 동시에 웅얼거리며 소리 내어 그것을 읽는 습관이 있었다). "앵무새가 가슴을 발톱으로 후벼 파는 무더운 한낮. 비통하고도 초월적인 소의 울음소리가 창밖에서 들려왔다."

식탁 겸용인 탁자에 밥을 차린 아야미는 방구석의 조그만 옷장에서 길이가 무릎 아래까지 오는 흰 무명

한복을 꺼내 입고 머리칼을 등 뒤에서 하나로 묶었다. 아야미가 몸을 움직이자 한복 천에서 서걱거리는 소리가 났다. 아야미에게서는 거칠게 풀 먹인 무명천 냄새가 났다.

"그 옷은 무슨 특별한 의상인가요?" 볼피가 물었다.

"퍼포먼스 필름을 찍을 때 입었던 옷이에요."

"그 옷을 입고 나가겠다구요?"

"조금 전의 옷은 땀에 젖어서 빨아야 해요. 다른 외출복은 없어요."

그들은 탁자 앞에 앉아서 밥을 먹었다. 반찬은 오이김치와 오이샐러드였다. 더위와 갈증 때문에 볼피는 냉장고에서 다시 맥주를 꺼냈다. 배가 고팠음에도 불구하고 음식이 낯설었으므로 그는 아주 조금만 먹었다. 무엇보다도 갓 지은 쌀밥이 그에게는 너무 뜨거웠다. 아야미는 뜨거운 밥 한 그릇을 다 비우고 다시 한 그릇을 더 퍼 담았다. 볼피는 맥주를 마시면서 이런 아야미의 모습을 호기심 어린 눈으로 지켜보았다.

저녁 무렵, 태양이 많이 기울었으나 여전히 뜨겁고 후끈거리는 대기 속으로 그들은 길을 나섰다.

"지난밤, 아니 오늘 아침과 오전, 혹독한 무더위 속에서 잠을 설치면서 당신은 잠꼬대를 하던데, 물론 내가 알아듣지는 못했지만, 무슨 꿈이라도 꾼 것은 아닌지요." 언덕길을 내려오면서 볼피가 물었다.

"꿈속에서 나는 술 파는 여자였어요." 아야미는 앞을 보면서 담담하게 대답했다.

"술 파는 여자? 바(bar)에서 일하는 여자란 말인가요?" 볼피는 조금 당황하며 되물었다.

"아뇨. 북쪽 사막에서 술 파는 마리아. 집에서 담근 흰 술을 항아리에 담아들고 아무것도 없는 황량한 사막 가운데 트럭이 다니는 길가에 서서 목마른 트럭 운전수들에게 술을 파는 거죠. 한 컵에 십 센트예요."

"그래서, 술을 많이 팔았나요?"

"아니요." 아야미는 고개를 저었다. "나는 하루 종일 걷고 또 걷기만 했어요. 꿈은 단지 몇 분에 불과했을 테지만, 그 세계에서의 하루는 아득하게 길고도 길었어요. 마치 '영원 플러스 하루'라고 사람들이 말할 때, 그 하루가 영원처럼 들리는 것과 마찬가지로. 술이 가득 담긴 무거운 항아리를 손에 들고 메마른 황야를 걷는데, 걸음을 옮길 때마다 항아리 입구에서 출렁거리는 우윳빛 액체가 발등으로 떨어졌지요. 하얀 액체에서는 꽃 이파리를 발효한 술 냄새가 나요. 내 혀가 불타요. 그래서 항아리를 들어 그 속의 흰 술을 마셔보지만, 그래도 갈증은 영영 사라지지 않았어요."

그들이 버스를 타고 전시장에 도착했다. 작은 규모의 전시장은 최근까지—사실은 하루 전까지—한국의 유일한 오디오 극장이었던 장소였다. 그들은 표를 구입하려고 했으나 아무도 없는 입구에 '이 전시는 무료입니다'란 문구가 걸려 있는 것을 확인하고는 안으로 들어갔다. 건물의 일층에 자리 잡은 극장은 길쭉한 로비와 작은 규모의 오디오 공연장 하나, 그리고 그보다 더 작은 도서실로 이루어져 있었다. 유리벽을 통해서 내부가 들여다보이는 도서실은 아무도 없었고 문은 닫혀 있었다. 사진들은 오디오 기기와 시설물들을 모두 치워버린 텅 빈 오디오 공연장에 전시해놓았다. 전시장에 들어서는 그들과 엇갈리며 몇 명의 남자 고등학생들이 한꺼번에 밖으로 나왔다. 고등학생들은 시끄럽게 떠들면서 달아나듯이 서둘러 공연장을 떠났다. 아야미는 그들의 인솔 교사가 어디 있나 눈으로 찾았지만 보이지 않았다.

과거에 사람들은 사진에 대한 막연한 공포를 갖고 있었다. 카메라가 자신들의 모습을 감쪽같이 복제해버리는 것을 보고 영혼을 도둑맞는다고 믿었기 때문이다. 게다가 복제된 모습은 원본 대상보다 훨씬 더 오래 살아남았을 뿐 아니라 원본 대상이 갖지 못한 마법적인 성격까지 띠었다. 과거의 미신적인 두려움은 하지만 오늘날에도 유효하다. 사진이 현실의 틈새 사이에 있는 으스스한 찰나를 포착했으며, 정체가 알려지지 않은 섬뜩함을 더욱 증폭시키고 데스마스크처럼 고정하여 드러내 보인다는 것을 감지할 수 있기 때문이다. 그러한 찰나를 포착하거나 폭로하는 것이 카메라맨의 의도도, 원본 대상의 의도도 아니라는 점이 바로 예술 회화와 사진의 차이점이다. 카메라가 찍은 것은 사물의 옷을 입은 유령의 순간이다. 그것은 포괄적인 의미의 꿈이다. 꿈의 주체가 카메라맨도, 원본 대상도 아니라는 점이 바로 예술회화와 사진의 차이점이다. 사물에는 그 존재가 지배하지 못하는 비가시적인 영역과 성분이 있다. 그것이 사물의 비밀을 구성한다. 사진의 마법은 찍는 자와 찍히는 자 모두의 의지와 무관한, 매우 고요하고 정적인 경악이 깃들어 있다는 점이다. 우리가 더 이상 없는 어느 날의 집을 상상해보자. 우리의 집 안 어딘가에서 스윽 모습을 드러내며 침침하게 눈먼 거울 속을 홀로 지나가게 될 우리의 유령이 있다. 예를 들자면, 지금 이 사진들처럼,

하고 볼피는 생각했다.

그는 두 장의 사진 앞에 서 있었다. 사진들은 각각 〈Honeymoon I〉과 〈Honeymoon II〉라는 표제가 붙어 있었다. 〈Honeymoon I〉은 한 여자를 찍은 사진이었다. 여자는 육중한 부조 조각이 새겨진 건물 파사드 앞에 서 있었다. 파울 클레의 그림을 연상시키는 추상적 얼굴들이 나열된 부조였다. 건물의 일층에는 고급 부티크인 듯한 유리 진열장이 보였고 부조는 이층부터 아마도 건물 전체를 뒤덮고 있는 것 같았다. 신혼여행지에서의 더운 여름날, 여자는 아무런 장식 없이 거칠게

풀 먹인 흰 무명 드레스 차림이었다. 숱 많고 검은 머리 칼은 등 뒤에서 하나로 묶었고, 치맛자락 아래 드러난 맨발은 삼베 천을 거칠게 꼬아 만든 샌들을 신고 있었 다. 무방비 상태에서 살짝 몸을 돌리고 카메라를 바라 보는 포즈였다. 하지만 카메라의 포커스가 여자의 얼굴 이 아닌 파사드의 부조 조각에 맞추어져 있으므로 여자 의 얼굴은 흐릿하여 전혀 알아볼 수가 없었다. 커다란 사진의 대부분을 차지하는 것은 짙은 갈색의 부조 얼굴 들이었다. 갖가지 다양한 표정의, 오징어나 원숭이 가 면을 연상시키는 묘한 대칭형의 주술적 얼굴들. 여자의 뒷모습이 부티크 유리창에 살짝 비치고 있었다. 여자는 아무것도 들지 않은 빈손이었으며, 양손을 허공으로 약 간 치켜든 상태였다. 부티크 유리창에는, 마치 어두컴 컴한 거울처럼, 여자의 뒷모습 너머로 거리를 지나가는 자동차들과 건너편으로 걸어가는 행인들의 모습이 흐 릿하게 반사되고 있었다. 그들은 모두 고장난 인형처럼 팔다리를 허공에 고정시키고 있었다.

〈Honeymoon II〉는 어느 정원의 풀장 풍경이다. 이 른 아침, 아마도 동이 틀 무렵인 듯 푸르스름한 새벽빛 속에서 주변의 사이프러스 나무가 이슬에 촉촉하게 젖어 있는 것이 느껴지는 사진이었다. 풀장 바닥에는 넓적하고 둥근 수세미처럼 보이는 커다란 청소 기구가 물에 잠겨 있으며 기다란 호스가 물 밖으로 나와 있었다. 수천 개의 발이 달린 지네와 거미, 어린 뱀 들이 정체불명의 검은 밤의 찌꺼기들과 함께 수면을 둥둥 떠다녔다. 사진의 모서리에는 모래 빛 사암으로 지은 빌라의 한 귀퉁이가 보였다. 일층의 한 방에서 흰 옷을 입은 장님 소녀가 창밖으로 이불을 털고 있었다. 그 밖에 사람의 모습은 보이지 않았다. 하지만 풀장 가에 물에 젖은 발자국이 있었다. 발자국은 풀밭을 밟고 빌라 안으로 사라졌다.

그들은 어디에 있는가, 하고 볼피는 생각했다. 갓 결혼한 신혼부부의 모습은 사진 어디에도 없다. 〈Honeymoon I〉에서의 여자는 혼자이며, 남자가 사진을 찍어주는 것처럼 보이지만 그의 모습은 유리 진열장에 비치지 않는다. 또한 〈Honeymoon II〉에서의 발자국은 하나뿐이다.

사진은, 본래의 의도나 목적과는 다르게, 유령으로서의 인간을 증명하는 유일하면서도 강한 선언이다,

하고 볼피는 생각했다.

전시장은 마치 원형극장처럼 널찍한 계단으로 이루어졌다. 관람객들은 계단을 오르내리면서 작품을 하나씩 감상할 수 있었다. 고등학생들이 몰려나가 버린 지금, 전시장 안에 사람이라곤 아야미 일행과 한 늙은 남자뿐이다. 아야미는 전시장의 두번째 계단에 앉아서 벽에 걸린 사진을 바라보고 있었다.

아야미가 전혀 눈치채지 못하는 사이 늙은 남자가 그녀의 곁으로 다가왔다. 아야미보다도 한참이나 키가 작고 왜소한데, 몇 살인지 도무지 나이를 짐작하기 어려울 만큼 늙어 보였다. 전시장에 냉방장치가 있다고는 하지만 때가 폭염의 한여름인데 놀랍게도 소맷귀이 넓은 회색빛 모직 코트를 걸치고 있었다. 올이 풀려서 실밥이 너덜너덜 늘어진 코트에는 군데군데 헝겊으로 기운 자국이 보였다. 색이 바랜 가느다란 회색빛 머리칼과 꼽추처럼 구부정한 등, 기운이 떨어진 목덜미, 그리고 번득이는 안경알 뒤편의 피곤한 눈동자를 가진 그는 도축용 도끼 앞에서 눈물이 그렁그렁해 있는 늙은 염소 같았다. 부옇게 불투명한 눈동자는 그의 육신의 요소 중에서 가장 많이 늙은 존재였다. 그 눈은 아직도 자신이 세상을 볼 수 있다는 사실이 믿어지지 않는다는 듯이 주저하면서 쉴 새 없이 불규칙적으로 깜박거렸다. 눈꺼풀이 한 번씩 깜박일 때마다 눈동자는 빠른 속도로 더욱더 늙어갔다.

늙은 남자는 아야미의 곁에 앉았다. 그리고 함께 벽에 걸린 사진을 바라보았다.

"사진이 마음에 드나요?" 하고 늙은 남자가 염소같이 가늘고 불안정한 목소리로 매에거리며 물었다.

"독특하다고 생각해요." 아야미가 대답했다. "망가진 버스가 예술 작품의 대상이 되리라고는 생각하지 못했거든요."

"사람들은 잘 알아차리지 못하던데, 당신은 단숨에 버스를 발견하는군요!" 늙은 남자가 입꼬리를 올리며 흡족한 미소를 지었다.

"제목이 〈흰 버스〉잖아요." 아야미가 당연하다는 듯이 대답했다.

"하지만 대개 사람들은 웅장한 규모의 고가도로와

역 광장, 높은 석주 위에 버티고 선 장군의 동상, 텅 빈 어둠의 밀도 등에 먼저 주목하지요. 그에 비하면 버스는 눈에 띄지 않게 한구석에 자그마하게 나타날 뿐이니까요. 그들은 이 사진이 도시의 평범한 야간 풍경화라고 생각하죠. 게다가 이미 버스의 색은 더 이상 흰색이 아니기도 하고."

〈흰 버스〉라는 사진은 한밤의 텅 빈 역 광장을 찍은 것이었다. 높은 석주 위에 서 있는 동상의 검은 그림자가 광장에 길게 드리웠다. 동상은 한 팔을 절반쯤 치켜들고 보이지 않는 군중을 향해 막 연설을 시작하려는 지도자처럼 보였다. 도심의 풍경이지만 이상하게도 모든 불이 꺼져 있고, 광장 주변의 아케이드 상점도 어둠에 싸여 있었으며 자동차의 불빛도 보이지 않았다. 시커먼 역사 건물이 육중한 덩어리처럼 서 있는 광장 옆으로는 고가도로가 지나가고 있었다. 고가도로 뒤쪽에는 도시라는 거인의 무덤 위로 몸을 수그린 채 거대한 묘석처럼 몸을 겹치고 있는 고층 건물들의 윤곽이 보였다.

"아마 당신은 그때 너무 어려서 기억을 못 하겠지만……."

늙은 남자는 콜록콜록 기침을 터트린 후 입꼬리에 흘러내린 누런 침방울을 외투 소매로 닦아내면서 말을 이었다.

"그날 밤은 등화관제였지요. 자정 이후부터 도시 전체에 조명이 엄격하게 금지되었고 자동차의 운행도 극히 제한적으로만 허용되었어요. 사람들은 모두 그 사실을 알고 있었답니다. 왜냐하면…… 그날은 적기가 도시를 폭격할지도 모른다는 소문이 있었기 때문입니다. 흉흉하고도 집요한 소문이었지요. 정부로부터 내려온 소문이긴 하지만요."

"전쟁 중이었나요?" 아야미가 물었다.

"그런 건 아닙니다. 물론 나는 한국전쟁을 체험한 세대이긴 합니다만……. 이 사진은 이십여 년 전에 찍은 것이니, 적어도 우리가 알고 있는 한 그때는 전쟁 중이 아니었어요."

늙은 남자는 목구멍이 터져라 커다란 소리로 다시 기침을 했다. 그리고 후두가 솜으로 틀어막힌 것처럼 쉬어빠진 가느다란 금속성의 목소리로 사진의 한구석을 가리키면서 말을 이었다. "여기, 이리로 버스가 떨어진 거지요."

카메라가 잡고 있는 풍경 저 뒤편 고가도로 아래에 추락한 버스가 한 대 조그맣게 보였다. 고가도로의 난간은 뚫려 있고, 버스는 뒤집어진 채 도로에 나뒹구는데 지붕에서부터 절반 가까이 박살이 나 있었다. 하지만 사고 현장이 고가도로 기둥 사이 짙은 그늘 속에 가려져 있어서 잘 보이지도 않지만 무엇보다도 너무 먼데다가 전체 사진의 구도상 지나치게 외곽 한구석에 극히 조그맣게 나와 있으므로 한눈에 그것이 버스 사고 현장임을 알아차리기란 쉽지 않았다.

"그날 버스 운전수는 아마도 등화관제 소식을 듣지 못한 것이 분명합니다" 하고 늙은 남자는 지치지도 않고 계속해서 말했다. 그에게 말한다는 것은 안간힘을 써야만 가능한 행위인 듯이 보였음에도 불구하고. "그버스는 노선버스가 아니라 일종의 기사 딸린 렌트카로, 특별한 목적에 따라 임대하는 버스였으니까요. 그런데 이상하게도 그날은 기사 혼자서 버스를 몰고 있었다고 합니다. 누군가 그에게 밤새도록 버스를 몰고 시내를 달려 달라고 부탁을 했다는 말은 있는데……

확인된 내용은 아니지요. 확인할 방도가 없었죠. 운전수가 죽어버렸으니까. 그는 낮에는 시간강사로 대학에서 미학 강의를 했고 밤에는 버스 운전 일을 한 사람이었습니다. 아마도 운전을 하면서 졸았을 겁니다. 잠을 잘 시간이 거의 없었다고 하니. 불빛도 없고 차도 없는 도로의 풍경이 피곤에 지친 그의 두뇌에 기이한 낯선 감정을 불러일으켰겠죠. 그리고 우리 모두가 집 안에서 숨을 죽이고 커튼을 여미는 사이, 그는 어두컴컴한 하늘을 소리 없이 선회하는 적군의 전투기를 정말로 목격한 유일한 증인일지도 모릅니다. 전투기들을 비추는 핏빛 서치라이트를 보면서 생각했겠죠, 아, 정말로 전쟁이 시작된 것이로군, 살육이 시작되는구나, 묽은 피가 건물들 지붕 위로 흥건하게 고이는구나, 하고. 어쩌면 전쟁에 관해서는 전혀 짐작하지 못한 채 신화적인 새벽이 왔다고 착각했을지도 모릅니다. 하지만 이 모든 추측은 조금도 확인된 내용은 아니지요."

아야미는 늙은 남자의 안경알 뒤편 이미 부패가 시작된 듯 불그스름하게 짓무른 작은 눈동자를 들여다보았다. 흐릿한 회색 반점들이 벌레처럼 그의 동공 속을 스멀스멀 기어다니고 있었다. "그러면 그날…… 선생님은 어떻게 이 사진을 찍을 수 있었나요?"

"나는 시인입니다. 물론 이름 없는 시인이지요." 늙은 남자는 어깨를 들썩였다. "등화관제의 밤에도 몇몇 신문기자들에게는 보도 촬영 허가가 납니다. 일종의 종군 특파원인 셈이지요. 뭐, 실제로 전쟁이 난 건 아니지만 말입니다. 하여간 난 사진기자가 아니지만 당시 신문에 마침 '나의 애송시'라는 주제로 연재를 하던 중이라서 운 좋게도 신문사의 주선으로 함께 사진을 찍을 기회를 얻었던 거지요. 젊은 시절부터 사진은 내 취미였어요. 그래서 언젠가 사진을 곁들인 시집을 내려고 마음먹고 있었으니까요."

"버스 운전수는 어떻게 되었나요?"

"구급차가 도착했을 땐 이미 숨이 끊어진 다음이라고 들었습니다."

그리고 늙은 남자는 온몸을 뒤흔들며 다시 한번 요란하게 기침을 뱉어냈다.

"이런 미안합니다. 늙으면서 목구멍 점막이 망가져버려서 말을 하기만 하면 기침이 들끓네요." 그는 아야미에게 미안한 표정을 지었다. "그런데 다행히 재단이 후원을 해주는 바람에 사진 전시회를 하게 되어서…… 이렇게 나선 거랍니다. 후원이 없다면 나같이 이름 없는, 게다가 늙기까지 한 시인이 사진 전시회를 한다는 것은 상상조차 어렵지요. 아 참, 이곳은 어제까지만 해도 오디오 극장이었어요. 재단 소속의 극장이었죠. 그런데 어제 극장이 문을 닫고 오늘부터 사진 전시회를……."

"그렇다면 정말로 있는 거였군요?" 아야미가 늙은 남자의 말을 자르듯이 끼어들며 물었다.

"뭐가 말입니까?"

"재단이. 그러니까 정말로 존재한단 말이군요?"

"당연하지요. 그러니까 여기서 전시회를 열 수 있는 거라고 말하지 않았습니까." 늙은 남자는 부스럭거리며 주머니에서 작은 책 한 권을 꺼냈다.

"기념으로 내 시집을 선물하고 싶군요" 하고 늙은 남자는 좀 수줍어하면서 말했다.

"선생님이 쓰신 시집인가요?"

"그래요."

아야미는 조그맣게 소리 내어 시집의 제목을 읽었다. "우리는 어디에서 왔는가, 우리는 무엇인가, 우리는 어디로 가는가."

"사실 전시회 제목도 이 시집 타이틀에서 그대로 따온 것이죠." 늙은 남자는 더욱 수줍어하면서, 하지만 할 말은 꼭 해야겠다는 태도로 말했다.

아야미는 고개를 들어 늙은 남자를 바라보았다. "그렇다면 정말로 있는 거였군요?"

"뭐가 말입니까?"

"김철썩이란 시인이. 그러니까 정말로 존재한단 말이군요?"

"당연하지요. 그게 바로 나니까. 여기에 앉아서 당신과 얘기하고 있는 이 사람 말입니다." 늙은 남자는 주름진 입술 사이로 불분명하게 웅얼거렸다. "전시회 팸플릿을 보셨다면 알겠지만 내 사진은 모두 세 점이에요. 〈흰 버스〉와 〈신혼여행 I〉 그리고 〈신혼여행 II〉입니다. 모두 이십 년 전에 찍은 것이긴 하지만. 그 사진을 찍을 때만 해도 내가 사진의 피사체들을 넘어 더 오래 살게 되리라고는, 상상도 하지 못했답니다." 그렇게 말한 다음 늙은 시인은 염소처럼 매에거리며 오래오래 길게 웃었다.

볼피와 아야미가 밖으로 나오자, 거리에는 이미 어둠이 깔리고 있었다. 사거리 횡단보도의 신호등이 바뀌자 엄청난 군중들이 그들을 향해서 똑바로 행진해왔다. 그들 또한 군중들을 향해서 행진해 갔다. "그림자의 군사들이에요" 하고 아야미가 볼피의 귀에 대고 소곤거리듯 말했다. "내 팔을 잡아요. 이 도시의 숨겨진 이름은 '비밀'이랍니다. 이 도시에서 사람은 깨닫지 못하는 사이에 서로를 잃어버리게 되어요. 모든 것은 너무 빠르게 세워지고, 너무 빠르게 사라져버린답니다. 기억도 마찬가지예요. 집을 나와 열 발자국을 걸은 다음 뒤를 돌아보면, 거기 항상 서 있던 집이 보이지 않는 일도 일어날 수 있어요. 그러면 자신의 집이 어디인지 영영 알지 못하는 거죠. 사람도 마찬가지예요. 이 도시의 숨겨진 이름은 '비밀'이랍니다. 그러니 내 팔을 잡아요. 당신은 전화기도 없으니 서로 헤어지면 찾을 방법이 없잖아요."

"그런가요?" 아야미의 말을 완벽하게 이해하지 못한 볼피는 약간 어리둥절해하면서 거친 무명천에 감싸인 그녀의 뜨끈한 팔을 가볍게 잡았다. "그래, 당신 말이 맞아요. 여기서는 모두 같은 머리색을 하고 있네요. 당신의 머리는 다른 사람들과 마찬가지로 검은색이니, 일단 인파 속으로 한번 휩쓸려 들어가버리면 당신을 다시 찾아내기란 절대 불가능할 듯합니다." 그들이 고개를 숙이자 하루 종일 달구어진 아스팔트에서 후끈한 열기가 그들의 얼굴을 향해서 용암처럼 수직으로 치솟으며 솟구쳤다. 그들은 마주 오는 사람들과 어깨를 부딪히며 횡단보도를 건너갔다.

그들은 광장의 석상 아래 벤치에 앉아 왁스 성분이 녹아 끈적거리는 종이컵에 얼음이 든 콜라를 나누어서 따라 마셨다. 얼음이 빠른 속도로 녹으면서 콜라는 밍밍하게 변해갔다. 그들은 해가 완전히 진 다음에도 한동안 거기 앉아 있었다. 볼피가 배낭에서 노트북을 꺼내 뭔가를 쓰기 시작했기 때문이다. 벤치 주변 바닥에는 버거킹 햄버거와 감자튀김을 쌌던 빈 종이 봉지와 더러운 담요, 빈 콜라 병과 담배꽁초 등의 쓰레기가 흩어져 있었다. 벤치는 아마도, 알려지지 않은 어떤 이유로 인해 부재자가 되어버린 그 누군가의 잠자리였음이 분명했다. 그들의 손에도 버거킹 햄버거와 감자튀김 봉지가 들려 있었다. 역 광장은 기차를 타기 위해 들어가는 사람과 기차에서 내린 사람, 지하철역으로 향하는 사람으로 가득했다. 역 건물의 주랑 앞에는 커다란 그랜드 피아노가 한 대 놓여 있었다. 허름한 옷차림의 중년 남자가 피아노로 가서 앉았다. 그는 연주를 시작했다. 피아니스트의 격렬한 움직임은 사람들의 시선을 끌어당겼다. 멈추어 서서 연주를 구경하던 사람은 걸어오는 행인에게 자꾸만 부딪히다가 마침내 포기하고는 갈 길을 재촉하고, 그 자리를 그에게 몸을 부딪쳐온 행인이 대신 채우는 형식으로 계속되었다. 피아노 앞에 펼쳐놓은 사각형 서류 가방 안에는 구경꾼들이 넣어놓은 동전과 지폐 몇 장이 보였다. 피아니스트의 턱에서 굵은 땀방울이 맺혀 건반 위로 뚝뚝 떨어졌다. 피아노의 날개 모양 뚜껑 위로 구부러진 부리와 회색빛 등, 노란 물갈퀴 발을 가진 새가 한 마리 내려앉았다. 그리고 흰

똥을 남기고는 다시 사라졌다.

배가 고픈 볼피는 햄버거를 씹었다.

"고향에서는 종이 도시락에 든 스시를 사먹었는데."
볼피가 투덜거리듯 말했다. "그런데 여기에 와서는 버
거킹이라니. 하지만 어쨌든 뜨거운 쌀밥보다는 먹기
편하긴 하군요." 볼피의 목소리는 평범한 대화를 할 때
도 어딘지 모르게 불평하는 것처럼 들린다고 아야미는
감자튀김을 집어 먹으면서 생각했다.

"슈베르트인가요?" 하고 볼피가 혼잣말로 중얼거렸
다. "하지만 멀어서 잘 들리지 않아요. 자동차들의 소음
이 너무 요란해요."

"저건 재즈 음악이에요" 하고 아야미가 대답했다.
"익숙한 멜로디지만 제목은 생각 안 나요……. 당신
말대로 시끄러워서 잘 안 들리기도 하고. 자동차의 소
음이 보리밭이 불탈 때 나는 소리 같아요." 아야미가 대
답했다.

"뭐라고? 지금 보리밭이 불타는 소리라고 했나요?
그런 말은 처음 듣는군요. 난 보리밭이 불타는 소리를
모릅니다. 당신은 농촌 출신인가요?"

"아마 아닐 거예요. 잘 모르긴 하지만."

"그런 대답이 어디 있답니까?"

"어려서 고향을 떠나 살았기 때문에 기억이 잘 안 나요."

"그러면 부모님에게 들을 수도 있잖아요."

"난 양부모 집에서 자랐어요."

"아, 그렇군요." 볼피는 입을 다물었다.

그때 아야미의 전화벨이 울렸다. 아야미는 주변의 소음 때문에 수화기를 손으로 가리고 전화를 받았다.

아야미는 수화기에 대고 말했다. "그럼요, 당신 말을 듣겠어요. 그리고 내 말도 들어주세요. 그러기 위해서 당신은 전화를 했잖아요, 아닌가요?"

그리고 잠시 뒤 아야미는 다시 말했다. "그럼요, 우리는 알려지지 않은 장소를 발견할 거예요……. 항상 그렇듯이. 하지만 지금 당장은 아니에요. 지금은 여니가 부재중이랍니다. 나중에, 여니가 돌아오면 여니는 당신의 동굴이 될 거예요. 동시에 존재하는 세 개의 동굴……."

"혹시 지금 여니와 통화한 건가요?" 아야미가 전화를 끊자마자 볼피가 기다렸다는 듯이 물었다. "일부러

엿들은 건 아니지만 '여니'라는 이름을 들은 듯해서요. 물론 잘못 들은 걸 수도 있지만."

"잘못 들은 게 맞아요. '여니'는 한국어에서 아주 흔하게 사용되는 음소랍니다."

"아, 그렇군요." 볼피는 고개를 끄덕였고 그들은 계속 햄버거와 감자튀김을 씹었다. 잠시 후 다시 아야미의 전화벨이 울렸다. 전화를 받은 아야미는 수화기에 대고 말했다. "그럼요, 당신 말을 듣겠어요. 그리고 내 말도 들어주세요. 그러기 위해서 당신은 전화를 했잖아요, 아닌가요……. 그럼요, 우리는 알려지지 않은 장소를 발견할 거예요……. 항상 그렇듯이. 하지만 지금 당장은 아니에요. 지금은 여니가 부재중이랍니다. 나중에, 여니가 돌아오면 여니는 당신의 동굴이 될 거예요. 동시에 존재하는 세 개의 동굴……."

"매우 미안하지만……" 아야미가 전화를 끊자 볼피가 호기심을 참을 수 없다는 듯이 다시 물었다. "그게 여니와의 통화가 아니라면, 무슨 내용이었는지 가능하다면 간단하게 말해준다면 참 감사하겠어요. 왜냐하면…… 당신의 언어는 내게 생전 처음 들어보는 낯선 외국어이긴 하지만, 그럼에도 불구하고 두 번의 통화가 아주 비슷하게 들린다는 걸 느꼈거든요. 게다가 그것을 말하는 당신의 목소리 톤이…… 뭐랄까, 아주 특별했어요. 인생의 특별한 순간에 대해서 말하는 특별한 목소리, 그거예요. 그런 목소리로 과연 어떤 내용이 말해졌을까 몹시 궁금합니다. 지금 갑자기 한국어의 어쿠스틱에 대해서 강한 호기심이 솟아나요. 거리 전체에서 웅성거리며 들려오는, 전 세계적으로 유사한 대도시 소음의 언어와는 확연히 구별되게, 무척이나 비밀스럽게 들렸거든요. 당신의 목소리가 불러일으킨 효과 때문인지 아니면 매우 사적인 대화라서 그런 인상을 준 건지 구별할 방도는 내게 없지만. 물론 내용이 사적인 것이라면 대답할 필요가 없는 건 당연하죠. 난 순전히 음성학적인 호기심에서 묻는 것이니까."

"사적인 내용은 아니에요. 나는 내 전화 자동응답기의 부재중 메시지를 녹음한 거랍니다. 첫번째 전화는 녹음을 한 것이고, 두번째 전화는 혹시 첫번째가 실수로 사라졌을까 봐 확인차 다시 녹음한 거죠."

"아, 그렇군요." 볼피는 고개를 끄덕였다. "이상하게도 당신의 부재중 메시지를 듣는 순간, 혹시 한국어로 '여니'가 '비밀'을 의미하는 단어가 아닐까 하는 생각이 머리를 스치고 지나가지 뭡니까."

"이미 말했듯이 그건 그냥 하나의 음소일 뿐이에요. 그 자체로 의미가 있는 건 아니라구요." 아야미는 매우 진지하게 대답했다.

"아까 말을 들을 땐 잘 실감하지 못했는데 이제 보니 당신이 배우가 맞긴 맞네요." 갑자기 볼피가 시선을 위로 향하면서 화제를 돌렸다. "저기 대형 스크린에 당신 모습이 비치고 있군요. 저건 텔레비전이죠? 저것도 퍼포먼스 필름인가 뭔가의 일부인가요? 아니면 당신이 출연한 초저녁 연속극인가요?"

그의 말대로 역 광장에 걸린 커다란 대형 스크린에서 방송이 나오고 있었다. 아야미의 얼굴이 엄청나게 커다란 스크린을 가득 메우고 있었다. 화면에 비치는 아야미의 표정은 살짝 당황한 듯했고 눈동자는 눈물이 고인 듯이 촉촉했다.

하지만 우는 것은 아니었다.

마치 연극 무대처럼 꾸며진 스튜디오. 중앙에 남자 사회자와 아야미가 서 있다. 스튜디오 오른편에는 문이 하나 있고 아야미와 사회자의 왼쪽 뒤에는 소파에 몇몇 사람이 편한 자세로 앉아 있다. 그들은 손에 찻잔을 쥐고 있기도 하며, 한 명은 담배를 피우고 있다. 중앙 벽면에는 스크린이 걸려 있다.

사회자: 여러분, 〈가족찾기〉 생방송입니다. 이번주 생방송 스튜디오에는 다섯 살 때 가족과 헤어진 이후 기억을 잃어버린 한 여성이 마침내 어머니를 만나는 감격스러운 장면이 연출될 것 같군요. 우리는 유전자 대조 작업을 마쳤으므로 이 여성이 부모를 찾은 것은 확실합니다. 단지 여성은 자신의 가족들을 아직도 기억해내지 못하고 있긴 합니다만, 그래도 가족들은 그녀를 한 번도 잊은 적이 없다고 합니다. 자, 그럼 여러분 감격의 순간을 놓치지 말고 채널을 고정하세요!

스튜디오의 오른편 문이 열리면서 부자연스럽게 짙은 검정으로 염색한 긴 머리칼에 챙이 지나치게 넓은 모자를 쓴 중년 여자가 머뭇거리며 카메라 앞으로 나온다. 키가 작은 여자의 힘줄이 불거진 앙상한 맨다리와 초라하게 작은 발, 새것으로 번쩍거리지만 이상하게 싸구려처럼 보이는 구두가 카메라 렌즈에 여실히 드러난다. 여자의 차림새는 어딘지 모르게 연극의 분장 같은 인상을 준다. 카메라는 모자 아래로 보이는 그녀의 얼굴을 줌인 한다. 길게 늘어진 새까만 머리칼 사이로 거무스름한 피부에 뚜렷하게 나 있는 얽은 자국이 선명하다. 여자는 입술을 비죽거리며 울음을 터트린다.

모자를 쓴 여자: (아야미의 팔을 붙잡으며) 얘야! 여니야!

아야미: (뻣뻣하게 굳은 채 말없이 그냥 서 있다. 어떻게 행동해야 할지 스스로도 알지 못하는 난감한 태도와 자세)

모자를 쓴 여자: (갑자기 엉엉 울면서) 여니야! 엄마가 미안해!

아야미: (슬쩍 팔을 빼면서) 나는 여니가 아니에요.

모자를 쓴 여자: 그래, 안다 알아…… 방송국 사람들로부터 모두 들었어. 양부모들이 지어준 이름이 아야미라고…… 하지만 네 진짜 이름은 여니란다.

아야미: (마지못한 듯) 네, 나도 듣긴 했어요…….

사회자: 많이 어색하시죠. 그래도 이날의 감격은 두고두고 잊히지 않을 겁니다. 아야미 혹은 여니 씨. 일단 여기 와서 앉아 천천히 얘기를 나누시지요.

아야미, 모자를 쓴 여자: (사회자를 따라 소파로 가서 앉는다. 소파에는 이미 여러 명의 패널들이 차를 마시면서 질문을 준비하고 있다.)

패널 1: 진심으로 축하드립니다. 정확히 몇 년 만에 두 분이 서로 만나신 거죠?

사회자: 그러니까…… 이십사 년 만이겠네요.

패널 1: 그동안 어머니는 딸을 찾으려고 무척 애를 썼다고 들었습니다만…….

모자를 쓴 여자: 네, 맞아요. 잃어버리고 몇 년 동안은 밥도 잘 먹지 못하고 여기저기 수소문하고 다니느라…… 그 생각만 하면 지금도……. (울먹인다)

패널 2: 집안이 어려워서 친척 집에 맡긴 아이가 얼마 안 돼 사라져버렸으니 많이 놀라셨겠어요.

모자를 쓴 여자: 네. 당시 우리는 무척 가난했거든요. 아이들도 많았고…….

패널 2: 그 시절에는 다들 지금보다 많이 가난했지

요. 가난한 사람들이 지금보다 훨씬 많았겠지요.

패널 1: (고개를 끄덕이면서) 그래요, 가난한 사람들이 지금보다 훨씬 많았답니다……. 물론 아이들도 훨씬…….

모자를 쓴 여자: 게다가 아이 아버지가 몸을 다쳐서 병석에 누워 지냈거든요. 그 친척은 고위 공무원이었고……. 그래서 그 친척이 우리 아이를 데려다 키우고 싶다고 했을 때, 아이에게는 더 잘된 일이라고 생각했답니다. 당연하잖아요. 아주 모르는 사이도 아니니 나중에 자라면 종종 연락도 하고, 그렇게 살면 문제가 없겠다 싶었죠. 그런데 세상에, 아이가 없어졌다는 거예요. 말도 없이 집을 나갔다지 뭡니까! 다섯 살 난 아이가요! 우린 그 소식도 몇 달이나 지나서 들었답니다. 그때 얼마나 울었던지. 그런데 여니야, 넌 무척 키가 크구나. 양부모가 잘 키워주었나 보다. 우리 가족과 네 형제들은 모두 키가 작은 편인데. 너도 어렸을 때는 작은 아이였어.

패널 2: 친척이 고위 공무원이었다면……?

모자를 쓴 여자: 네, 맞아요. 사실은 서울시장님이었

답니다. 물론 아주 먼 친척이긴 해요. 굳이 따지자면 팔촌도 넘어요. 하지만 친척은 친척인 거죠. 아주 남보다는 훨씬 더 나을 거라고 우리는 기대를 했죠.

사회자: 지금 가족과 형제들도 모두 이 자리에 나와 있다고 들었는데요……?

모자를 쓴 여자: 그럼요. 아이 아버지는 오래전에 돌아가셨지만 언니들이 여섯에 오빠가 한 명 있죠.

패널 3: 전국의 고아원을 뒤지고 다녔다면서요?

모자를 쓴 여자: 말도 마세요. 우리가 굳이 과일 행상을 다닌 이유도 바로 애 여니 때문이죠. 동네 어귀마다 또래 아이들이 보이면 가서 하나하나 얼굴을 뜯어보곤 했답니다. 한번은 행방불명된 동네 약사가 애를 데려갔다는 흉흉한 소문도 있었고……. 하여간 나중에는 경찰서에서 조회를 해도 나오지 않으니 애가 고아원에 있다가 바로 해외로 입양되어 간 줄 알았지 뭡니까.

패널 3: 그런데 이름이 바뀌어 찾지 못한 거로군요.

모자를 쓴 여자: 네, 맞아요. 어린 시절 일을 하나도 기억 못 한다는 것을 어찌 상상이나 했겠어요. 자기 이름조차 잊어버리다니. 애야, 여니야, 엄마는 너를 보낸 것

을 평생 동안 후회하면서 살아왔단다…….

아야미: (여전히 어떻게 행동해야 할지 스스로도 알지 못하는 난감한 태도와 자세) 나는 여니가 아니에요.

사회자: 그래요, 아야미 씨. 하지만 원래 이름이 여니였다고 하니, 이제 이름이 두 개가 된 셈이죠. 아야미 씨 이야기를 한번 들어보기로 하죠. 배우가 되었다고 하던데요?

아야미: 네, 무대 배우예요.

사회자: 하지만 우리는 아야미 씨가 출연한 단 한 편의 영화 필름을 확보했답니다. 단편영화제 출품작인 퍼포먼스 필름이지요. 잠시 보시죠.

스튜디오 뒤편 스크린에 버거킹의 장면이 나온다. 아야미는 아무런 장식 없이 거친 질감의 흰 무명 한복 차림이다. 숱 많고 검은 머리칼은 등 뒤에서 하나로 묶었고, 치맛자락 아래 드러난 맨발은 삼베 천을 거칠게 꼬아 만든 샌들을 신고 있다. 아야미가 움직이지 않는 눈동자로 카메라를 응시하면서 뚝뚝 끊어지는 목소리로 대사를 말한다.

시를. 낭독해. 드릴 테니. 동전. 하나만. 주시겠어요.

아야미의 뒤에서 튀어나온 남자 배우가 전화기를 손에 든 채로 빠르게 지껄인다. 가만있어 봐, 지금 그리스에서 전화가 왔단 말이야, 비밀이니까 다들 엿들으면 안 돼, 그런데 저건 뭐지? 앗, 기저귀가 바닥에 떨어져 있잖아.

스크린이 꺼진다.

사회자: 그동안 친부모님을 찾으려고 해보았습니까?

아야미: 아니요, 사실은…… 양부모님으로부터 친부모는 죽었고 가까운 친척도 아무도 없다고 얘기를 듣고 자라서, 특별히 찾으려고 시도하지는 않았습니다.

패널 1: 그럼 양부모님은 어디서 그런 사실을 들었다고 하던가요?

아야미: 보육원에서 그렇게 들었다고 했어요.

패널 2: 양부모님도 이 소식을 듣고는 정말 놀라고 기뻐하셨겠네요.

아야미: 아뇨, 양부모님은 이 세상에 안 계세요. 제가 대학에 들어가던 해 두 분 다 돌아가셨어요.

패널 3: 그렇게 일찍?

아야미: 사실은 양부모님은 아주 나이가 많으셨어

요. 저를 데리고 왔을 때 이미 예순 살이 넘으셨어요.

패널 1: 양부모님은 어떤 분이셨나요?

아야미: 양부모님은 매우 친절하고 다정하신 분들이었어요. 그분들은 살아 있는 내내 나에게 따뜻하게 대해주었어요. 그래서 갑자기 돌아가신 다음에는 힘들었어요.

패널 2: 행복한 어린 시절을 보내신 듯하네요. 지금 가족들이 그나마 마음이 좀 놓이겠어요. 다행이에요. 그런데 양부모님은 무슨 일을 하셨죠?

아야미: 양부모님은…… 개 농장을 하셨어요. 서울 근교에 있죠. 지금은 농장이 문을 닫아 비어 있지만 그래도 양부모님 생각이 나면 간혹 찾아갈 때가 있어요.

패널 3: 그러면, 아야미 씨는 지금 가족 상황이…….

사회자: 혹시 결혼을 하셨나요?

아야미: 네, 양부모님이 돌아가시고 대학을 그만둔 다음 결혼을 했어요. 남편은 제약 회사 영업 사원이었죠. 그런데 불행히도 얼마 전에 그만 버스 사고를 당하는 바람에…….

사회자: 사망했단 말인가요?

아야미: (담담하게) 네.

객석에 앉은 보이지 않는 방청객들이 동정과 안타까움의 한숨 소리를 낸다.

사회자: 그러면 아야미 씨는 지금 어머니를 만난 기쁨이 유난히 클 것 같네요. 양부모님도 없고 남편마저 세상을 떠나고…… 이 세상에 가족이라고 할 만한 사람이 하나도 없는 입장이었으니 정말로 그동안 외로우셨겠어요.

모자를 쓴 여자: 여니야, 이제는 아무 걱정할 필요 없어. 나도 있고, 언니들도 있고 오빠도 있단다. 게다가 조카들도! 가장 큰 조카는 벌써 결혼도 했단다.

사회자: 아야미 씨, 그동안 어머니에게 하고 싶은 얘기가 많았을 텐데, 아니면 궁금한 거라도. 이 자리에서 다 털어놓으세요.

아야미: (모자를 쓴 여자를 향해 머뭇거리며) 저, 그런데…… 여니라는 내 이름은 누가 지은 거예요?

모자를 쓴 여자: (의외의 질문에 조금 당황한 듯) 그거? 아, 그건…… 사실 오빠와 언니들 이름은 모두 우리가 직접 지었는데, 네 이름은 우연히도 동네 약사가 지어

준 거란다. 행방불명된 그 약사가. 그래서 못된 사람들은 그가 널 데려갔다고 헛소문을 퍼트린 거지.

아야미: 정수리에 대못이 박혀서 죽었다는 그 약사 말이지요?

모자를 쓴 여자: 아니…… 그건…… 그래, 너무 끔찍한 일이지. 그런데 그것도 역시 헛소문이었어, 넌 어려서 잘 몰랐겠지만. (부르르 몸서리치면서) 어휴, 소름 끼쳐. 그런데 놀랍구나. 그 일만은 안 잊어버린 모양이네.

아야미: (유난히 똑똑한 목소리로) 네. 안 잊어버렸어요.

사회자: (왠지 어색한 분위기를 눈치채고는 무마하기 위하여) 아야미 씨는 지금 몹시 얼떨떨한가 봅니다. 대개 이런 일을 겪으면 한동안은 당황을 하지요. 기뻐해야 하는 것은 맞는데, 그 기쁨 자체가 너무나 낯설어서 말이죠. 생애 처음 겪는 기쁨이 아닙니까. 어때요, 어렵겠지만 지금 소감을 한마디 해주신다면?

아야미: 아직 잘 모르겠어요. 얼떨떨하기만 해요.

패널 3: 친부모님에 대해서 궁금증을 가진 적도 없었나요?

아야미: 가난하신 분이었다고…… 들었어요.

사회자: 그 시절에는 다들 지금보다 많이 가난했지요. 가난한 사람들이 지금보다 훨씬 많았겠지요.

아야미: 그리고 아버지의 먼 친척이 서울시장을 지냈다는 것도 나중에 들었어요.

패널 1: 그것도 들었다구요? 이상한 일이네요. 양부모가 그 사실을 어떻게 알았을까……. 하지만 그렇다면 가족을 찾아보는 것이 아주 불가능하지만은 않았을 텐데.

아야미: 그래도, 어떤 서울시장인지는 알 수가 없었고, 또 아주 먼 친척인 데다가 친부모님은 어차피 돌아가셨다고 하므로, 큰 의미가 있을 것 같지는 않았어요.

사회자: 자 이제 아야미 씨의 형제자매들을 만나볼 차례인데요, 이미 스튜디오로 와서 기다리고 있답니다. 아야미 씨, 아마도 지금껏 세상에 오직 혼자라는 생각에 익숙해져버린 듯한데, 갑자기 여섯 명의 언니들과 한 명의 오빠라니, 가슴이 떨리지 않나요?

아야미: (여전히 어떻게 행동해야 할지 스스로도 알지 못하는 난감한 태도와 자세) 아직 잘 모르겠어요. 얼떨떨하기만 해요.

사회자: (카메라를 향해) 시청자 여러분, 감동의 파도는 잠시 뒤에 계속됩니다. 여덟 명의 형제자매들이 마침내 한자리에 다 모였습니다. 그 자녀들까지요. 정말 대가족이죠. 채널을 고정해주세요.

볼피는 두 개의 집게손가락을 이용해 머리에 떠오른 문장들을 두서없이 치고 있었다.

……W는 연기처럼 목구멍을 죄어오는 고독의 느낌 속에서 잠이 깼다.

무덥게 찌는 좁은 방 안이었다.

한 젊은 여인이 침대 가장자리에 앉아 그를 내려다보고 있었다. 땀에 젖은 촉촉한 하얀 이마 위로 검은 머리카락이 흘러내린, 달처럼 둥글고 매끈한 얼굴이었다.

"여기가 어딥니까?" 하고 W는 물었다.

"서울이에요" 하고 촉촉한 이마의 달님 여인이 대답했다.

"왜 나를 깨운 거지요?" 하고 그가 묻자 여인은 손에 쥐고 있던 전화기를 내밀며 말했다.

"당신 부인에게서 전화가 왔거든요."

그는 전화기를 받아들고 말했다. "나는 지금 서울에 있는데, 아마도 어떤 여자에게 납치된 것 같아. 그런데 서울이 어느 나라의 도시인지 당신은 알아?"

"당신이 천하의 개자식인 걸 증명하기 위해 너무 많은 이야기를 꾸며낼 필요는 없어. 이미 다 알고 있는 사실이니까. 그걸 말해주려고 전화한 거야."

아내는 수화기를 사납게 내려놓았다. 통화는 그렇게 짧게 끝났다.

"미칠 것같이 덥네요. 당장 샤워를 하지 않으면 질식하겠어요. 오줌도 누어야겠어. 방광이 터질 것 같군. 욕실이 어디지요?" W는 전화기를 여인에게 돌려주면서 물었다.

"욕실은 없어요. 부엌의 수도꼭지에서 물을 받아서 씻으세요."

"뭐라고?"

"그리고 화장실은 집 밖으로 나가면 대문 옆에 있답니다."

"뭐라고?"

"놀랄 것 없어요. 캠핑 왔다고 생각해요. 난 지금 방송국에 촬영 약속이 있어서 가봐야 해요."

"무슨 촬영 말입니까?"

"연속극에 출연하거든요. 단역이지만. 오늘은 내가 가족들로부터 마음에도 없는 나이 많은 남자와 결혼하라고 다그침을 받는 장면을 촬영하는 날이에요."

"그런데……" W는 좀 망설이면서 말했다. "뭐 중요한 건 아니지만, 난 편집자로부터 당신이 마흔아홉 살이고 직업은 독일어 선생이라고 들었는데요."

"네, 맞아요. 난 마흔아홉 살이에요. 하지만 독일어 선생은 아니고 배우랍니다."

"절대로 마흔아홉 살로는 안 보이는데. 물론 난 여자 나이를 알아맞히는 데 일생 동안 단 한 번도 성공해본 적은 없지만 말입니다."

"무리해서 비싼 화장품을 썼기 때문에 그래요. 그 화장품을 쓰면 당신 어머니도 나처럼 보일걸요."

"설마."

"그 화장품은 단지 젊어 보이는 것뿐만 아니라 피부의 모든 흉터도 감쪽같이 가려준답니다. 사실 난 천연두를 앓아서 얼굴이 심하게 얽었거든요."

"뭐라고?"

"게다가 얼마 전에는 질투가 심한 전남편이 직장으로 찾아와 다짜고짜 칼을 휘두르는 바람에 얼굴을 스무 바늘이나 꿰매기까지 한걸요."

"뭐라고?"

"하지만 겁낼 것 없어요. 전남편은 바로 어젯밤 버스에 깔려 죽었으니까요."

"뭐라고? 아니 당신은 도대체 누구요?"

"난 북쪽 사막에서 온 여니예요."

아야미는 전시회장에서 받은 시집을 꺼내 몇 페이지 건성으로 넘기다가 볼피에게 물었다.

"어디 시원한 카페에라도 들어가지 않겠어요? 그런 장소가 글쓰기에 더 편할 텐데. 게다가 여기는 불빛이 너무 어둡기도 하구요. 작가들은 보통 카페나 도서관 같은 장소에서 작업한다고 읽었는데요."

"하지만 난 머리에 떠오르는 것을 그 자리에서 바로 기록해야만 한답니다. 왜냐하면 그것들은 영상이나 이미지의 형태로 떠오르는 것이지 문장으로 정리되어 나타나는 게 아니니까요. 그러니 그 순간이 지나고 나면 빠르게 휘발되어버리고 말아요. 그러면 언어로 잡아넣을 수가 없다구요. 내가 이렇게 즉석에서 기록하는 건 진짜 그림이 아니라 모두 스케치에 불과합니다. 나에게 장소 따위는 중요하지 않아요. 도서관이나 카페는 잊어버리세요. 나는 글을 쓰지 않을 때라도 도서관이나 카페라면 원래 질색인 사람이니까."

"당신 머리칼이 땀에 흠뻑 젖어 있는데요."

"당신 머리칼도 마찬가지일 텐데. 내 말은, 여기 있는 사람들 모두의 머리칼이 말입니다."

"그러면 뭘 하고 싶은데요?"

"기차를 타보면 어떨까 문득 생각이 났습니다. 우연히도 우리는 지금 바로 역 광장에 있으니까요."

"우리는 어디로 가나요?"

"글쎄요……. 난 아직 극동 아시아에는 한 번도 온 일이 없지만, 언젠가 얄루강에 가보고 싶다는 생각은 한 적이 있죠."

"얄루강이 어디에 있는지 알고는 있나요?"

"정확히는 몰라요. 코리아와 차이나의 국경이라는

것 정도."

"불가능해요."

"뭐가요?"

"기차를 타고 그곳으로 갈 수 없다구요."

"왜죠?"

"이 나라는 섬이나 마찬가지거든요. 삼면이 바다로 막혀 있고 북쪽으로는 국경이 있는데, 여긴 유럽연합과 달라서 마음대로 국경을 넘을 수가 없어요."

"아, 그렇군요. 일본이나 마찬가지란 말이죠."

"게다가 북쪽에 있는 나라가 노스코리아이기도 하구요."

"아, 그렇군. 깜빡 잊고 있었습니다. 얄루강은 포기해야겠군요."

"그러면 뭘 하고 싶은데요?"

"기차를 타고 싶다는 생각이 들었으니 일단 기차를 타고 싶군요. 반드시 국경이 아니라도 좋아요."

"우리는 어디로 가나요?"

"가장 빨리 출발하는 기차가 가는 곳으로 가봅시다."

"도착한 다음에는 뭘 할 건데요?"

"그건 중요하지 않아요. 최대한 오래 탈 수 있는 기차를 타고 밤새도록 가는 거예요."

"급행열차를 타면 두 시간 안에 나라를 온통 가로질러요. 그러면 바다라구요. 더 이상은 갈 데도 없어요. 여긴 섬이나 마찬가지라고 했잖아요."

"기차가 급행만 있는 건 아닐 텐데요. 느리게 가는 기차도 있잖아요. 예를 들자면 한밤중이 지난 다음에 도착하려고 일부러 천천히 가는 야간열차 같은 것."

"그럼 기차 시간표를 확인해볼게요."

아야미는 볼피를 남겨두고 역사 안으로 들어갔다. 그리고 잠시 후에 다시 나왔다.

"저녁 열시 삼십분에 출발해서 내일 새벽에 도착하는 부산행 야간열차가 있어요. 무궁화지요. 그래서 그걸 샀어요."

"무궁화가 뭔가요?"

"가장 느리게 가는 기차예요."

"아, 그렇군요."

"야간열차이긴 하지만 침대 같은 건 없어요. 무궁화는 요금이 제일 싼 기차랍니다."

"상관없어요. 난 어차피 안 잘 거니까."

"그럼 이제 기차를 타러 가요."

"그런데, 저 필름은 이제 끝난 겁니까? 당신이 출연한 퍼포먼스 필름."

"광고가 나온 다음에 계속되겠지만 나는 별로 보고 싶지 않은걸요."

"영어 자막이 나온다면 참 좋을 텐데." 볼피가 아쉬운 목소리로 말했다. "마치 연극 무대 같은 분위기로 찍었네요. 당신이 말한 버거킹 퍼포먼스 필름 장면도 나오더군요. 예상했던 것보다 참으로 짧긴 했지만. 그런데 화면 속에서 정확히 무슨 일이 일어나는 건지, 설명 좀 해줄 수 없나요?"

"대가족 사이에서 일어나는 일상적인 이야기예요."

"예를 들자면, 혼기가 닥친 딸의 결혼 이야기 같은 것?"

"맞아요."

"아, 그렇군요." 볼피가 고개를 끄덕거렸다. "예전에 중국 영화를 봤는데 그런 이야기가 나왔던 것이 기억나네요."

그들은 나란히 역으로 향했다. 역사 안에 설치된 텔레비전에서 아야미의 얼굴이 다시 커다랗게 비쳤다. 〈가족찾기〉 프로그램의 2부가 시작된 것이다. 하지만 아야미는 빵집에 들러 커피를 사고 상점에서 물도 사야 하니 서둘러야 한다며 볼피를 잡아끌었다.

"2번 플랫폼이에요." 아야미가 말했다. "게다가 난 지금 당장 커피를 마시지 않으면 이 자리에서 쓰러져 잠이 들어버릴지도 몰라요. 지금도 눈앞이 잘 안 보인다구요."

"기차가 열시 삼십분 출발이라고 하지 않았나요? 그런데 왜 재촉하는 겁니까? 이제 겨우 열시밖에 안 되었는데." 볼피가 투덜거리며 불평을 했다.

"여기서는 기차가 반드시 정시에 출발하지 않아요. 예정 시간보다 훨씬 빨리 떠날 수도 있어요. 그러니 미리 가서 기다리고 있는 그 편이 나아요."

"뭐라고? 믿기 힘든 말이군요."

하지만 그들이 플랫폼에 도착했을 때 아야미의 말과 달리 그곳은 아직 텅 비어 있었다. 아야미는 벤치에 주저앉아 물을 마셨다. 물은 이미 미지근해져 있었다. 그들은 나란히 앉아 커피를 마셨다. 불빛으로 하얗게 빛나는 끈적이는 허공에 벌레 한 마리가 날아다녔다.

"당신의 여자 주인공은, 죽게 되나요?" 아야미가 시선을 앞으로 고정한 채 불쑥 물었다.

"아마 그럴 겁니다." 볼피가 대답했다. "그런데 아까는 내 말을 이해하기 힘들다고 하지 않았나요? 너무 빠르다면서."

"그래도 단어 몇 개는 알아들었어요. 게다가 당신은 추리소설을 쓰니, 대개는 살인사건이 나오게 되잖아요."

"그렇죠."

"범인은 누구인가요?"

"처음에는 질투심에 불타는 전남편에게 혐의가 돌아가죠. 여자 주인공은 텔레폰섹스 파트너로 일하면서 돈을 벌었거든요."

"그런데 실제 범인은 전남편이 아니란 말이군요?"

"그래요, 실제 범인은……. 그런데 그 살인사건은 사실 이십 년 전에 일어난 옛날의 미제 사건과 강하게 연결되어 있어요. 사건의 도플갱어인 셈이지요. 독자들은 나중에 이 여자 주인공이 사실은 과거에 살해당한 여자의 유령이었음을 눈치채게 됩니다."

"그러니까 실제 범인도 이십 년 전의 그 범인이란 말인가요?"

"그렇습니다. 그리고 범인도 이미 더 이상 이 세상 사람이 아닌 거죠. 사실 이런 구상은 조금 전에 사진 전시회에 가서 〈신혼여행〉이란 사진을 들여다보다가 문득 머릿속에 떠오른 거예요. 그래서 아직 구체적으로 스토리를 구축한 건 아닙니다. 책을 쓸 때 나는 머릿속에 동시에 몇 가지의 시나리오를 만들어놓고 그걸 모두 글로 표현하려고 시도를 해요. 그래서 하나의 이야기가 여러 가지 버전을 갖게 되지요. 그렇게 써놓은 모든 버전을 직접 읽어보고 그중에서 한 가지로 선택을 해요. 그러니까 지금 말하는 이 이야기는 내가 서울에 와서 생각한 최신 버전인 셈이지요."

"아, 그렇군요." 아야미는 잠시 생각하다가 다시 물었다. "그러면 채택되지 않은 이야기는 어떻게 되나요?"

"글쎄요." 볼피는 불확실한 표정으로 어깨를 으쓱거렸다. "영원히 알려지지 않은 상태로 남는 거겠죠."

"당신의 여자 주인공은…… 어떤 상황에서 죽게 되나요?"

"여자 주인공은 어느 날 갑자기 행방불명이 되죠. 가족이 없기 때문에 한동안 그녀의 부재는 알려지지 않아요. 그러다 우연히 그녀의 시체가 발견되는 거지요."

"어디서요?"

"자신의 집 천장에서."

"살해당한 거겠죠?"

"아마도 그럴 거라고 추측을 하지요. 하지만 아무것도 확실하지는 않습니다. 사망 후 너무 오래 시간이 지나서 부검으로 밝혀낼 수 있는 것이 거의 없었거든요. 그리고 이십 년 뒤, 그녀의 제2의 자아에 해당하는 '그녀2'가 다시 등장합니다. '그녀2'는 어느 날 잘 모르는 한 남자와 함께 서울을 떠나 즉흥적인 여행길에 오르는데, 외국으로 향하는 밤 기차에서 갑자기 예상치 못한 정전이 일어나고, 그 사이에 객차 안으로 들어온 얼굴을 알 수 없는 범인의 칼에 찔리게 돼요. 시점은 기차가 중국과의 국경을 이루는 얄루강의 철교를 넘을 무렵. 어떤가요?"

"그러면 리얼리티에 심각한 문제가 생겨요. 말했잖아요, 여긴 절대 기차로 국경을……."

"아 참, 그랬지." 볼피는 머리를 흔들었다. "내가 깜빡했습니다."

그들이 대화에 열중한 사이 플랫폼은 기차를 타려는 사람들로 가득 찼다. 깜짝 놀랄 만큼 많은 군중이 깜짝 놀랄 만큼 짧은 시간 안에 플랫폼을 촘촘하게 채우고 있었다. 통조림 속의 정어리처럼 촘촘하게, 하고 볼피는 생각했다. 게다가 다들 먼 길을 떠나는 양 엄청나게 커다란 가방이나 짐을 들고 있었다. 그들은 말이 없었다. 심지어 어린아이들까지도 입을 다물고 있었다. 이상한 조명 아래서 그들의 얼굴은 회녹색에 가깝게 보였다. 한자리에 서서 크고 작은 촛대처럼 꼼짝하지 않는 사람들은 말없이 기차를 기다리면서 눈에 띄게 거친 질감의 무명 한복을 입은 아야미를 물끄러미 응시했다.

몸을 뒤덮을 듯 커다란 외투 차림의 왜소한 늙은 남자가 지팡이를 짚으며 사람들 사이에서 나타나 그들의 앞을 지나쳐 갔다. 그는 플랫폼의 군중들 중 가장 늙고 가장 추해 보였지만, 유일하게 살아 움직이는 형상이었다. 땀에 젖은 그의 머리칼은 고약한 쉰 냄새를 풍기면서 이마에 찰싹 달라붙어 있었다. 번득이는 안경알 뒤편의 피곤한 눈동자를 가진 그는 도축용 도끼 앞에서 눈물이 그렁그렁해 있는 늙은 염소 같았다. 부옇게 불투명한 눈동자는 그의 육신의 요소 중에서 가장 많이 늙은 존재였다. 그 눈은 아직도 자신이 세상을 볼 수 있다는 사실이 믿어지지 않는다는 듯이 주저하면서 쉴 새 없이 불규칙적으로 깜박거렸다. 눈꺼풀이 한 번씩 깜빡일 때마다 눈동자는 빠른 속도로 더욱더 늙어 갔다.

늙은 남자는 아야미의 앞을 지나치면서 입술을 실룩거리고 상한 치즈 모양으로 녹아서 흐늘거리는 눈꺼풀을 부들부들 떨었다. 마치 아야미에게 작별의 인사를 보내기라도 하는 것처럼.

그리고 이렇게 말하기라도 하는 것처럼.

물론 나는 이름 없는 늙은 시인이지요. 그런 내가 당신들을 넘어 더 오래 살게 되리라고는, 상상도 하지 못했답니다.

"밤 기차에 이렇게 승객들이 많으리라고는, 상상도 하지 못했답니다" 하고 볼피가 놀란 얼굴로 말했다. "우리가 모르는 사이에 이 나라에 전쟁이라도 일어나서 다들 피난을 가려고 서둘러 집을 나선 것 같군요."

"나를 다른 세계로 데려다줘요." 아야미는 기우뚱거리며 사람들 사이로 멀어져 가는 늙은 시인의 뒷모습에 시선을 고정한 채 중얼거리듯이, 혹은 애원하듯이 말했다. "지금 당신이 가고 있는 그 다른 세계로 나를 데려다줘요."

아야미의 눈동자는 눈물이 고인 듯이 촉촉했다.

하지만 우는 것은 아니었다.

"뭐라고?" 볼피는 의아해하며 되물었다. "지금 뭐라고 했습니까?"

나를 다른 세계로 데려다줘요.

"얄루강으로 갈 수 없다고 말한 건 당신이잖아요."

아야미는 대답하지 않았다. 대신 그의 손등을 스치듯이 만지며 가운뎃손가락으로 그의 손목 안쪽 어느 특정 부위를 마치 맥박을 측정하려는 행위인 양 한동안 지그시 눌렀다. 순간적으로 볼피는 아야미가 독특한 방식으로 자신을 초대하고 있다는 생각이 들었다.

4

그들은 광장의 석상 아래 벤치에 앉아 왁스 성분이 녹아 끈적거리는 종이컵에 포도주를 따라 마셨다. 포도주는 시큼하면서도 쌉쌀했다. 벤치 주변 바닥에는 버거킹 햄버거와 감자튀김을 쌌던 빈 종이봉투와 더러운 담요, 콜라 병과 담배꽁초 등의 쓰레기가 흩어져 있었다. 벤치는 아마도, 알려지지 않은 어떤 이유로 인해 부재자가 되어버린 그 누군가의 잠자리였음이 분명했다. 아야미가 공항으로 출발해야 하기 때문에 시간이 많지는 않았다. 그들은 한동안 말이 없었다.

"난 말이죠, 조금 전에⋯⋯"아야미는 천천히 말을 꺼냈다. "조금 전 광장 한가운데 서 있는데 갑자기 세계의 모습이 눈앞에서 사라져버리는 바람에 깜짝 놀랐어요. 비일상적으로 환하게 불을 밝힌 중앙역 광장 아케이드 상점이, 그 안에서 포도주를 고르는 당신과 함께, 소리도 없이 눈앞에서 스윽 꺼져버렸어요. 마치 내 눈동자가 사라져버린 듯했죠. 나는 반사적으로 손을 들어 어둠의 허공을 더듬었어요. 하지만 눈을 깜빡이면, 어둠 속에 형체가 있어요. 실체가 아닌 형체…… 광장과 아케이드와 거리와 동상의 윤곽으로 이루어진 형체. 그들은 때를 놓치고 느리게 달아나려는 유령 같았어요. 사물의 죽음 이후에도 지상에 남아 있게 된 영혼 말이에요.”

“대규모 정전도 기억력의 감퇴와 마찬가지로 늙어가는 징후일지도 모릅니다. 아니, 더욱 정확히 표현하자면 점점 희박해져가는 징후이겠지만.” 극장장은 생각에 잠긴 채 말했다.

“무엇이 희박해지고 있단 말인가요?”

“글쎄요, 무엇이라고 말해야 할지……. 우리를 꿈꾸고 있는 자의 잠이?”

“아케이드 상점의 불빛이 꺼져버렸던 그때 갑자기

생각이 들기를, 나는 당신의 꿈속에 등장한 상상의 여자에 불과하다는 것이에요."

"그렇다면 나는 이제 꿈에서 깨어나지 않기만 하면 되는 건가."

"나를 꿈꾸고 있는 자가, 내가 전혀 알지 못하는 어떤 신이 아니라 바로 당신이라면, 내가 당신 상상의 산물이라면."

"우리가 서로의 상상의 산물이라는 사실에 건배."

그들은 말없이 포도주를 마셨다. 극장장이 입을 열었다.

"상점으로 들어가니, 젊은 점원과 늙은 점원, 두 명이 카운터에 앉아 있는데, 가까이 다가가니 그들은 눈을 반쯤 뜬 채 자고 있더군요. 이상할 정도로 밝고 번쩍이는 조명 아래서 그들의 얼굴은 죽은 경찰관처럼 회녹색으로 보였답니다. 내가 포도주를 골라올 때까지도 그들은 잠을 깨지 않았어요. 나는 카운터의 탁자를 손으로 톡톡 두드려야만 했지요. 그러자 젊은 점원이 간신히 눈꺼풀을 들어올리면서 잠꼬대처럼 말했어요, '이 세상에 있을 수 없을 정도로 늙은 사람들은 정말로 타일랜드로 가는 걸까요?'"

그들은 마주 보며 소리 없이 웃었다.

텅 빈 고가도로 위에서 어디선가 나타난 흰 버스가 조금 전보다 더욱 빠른 속도로, 미친 듯이 질주하고 있었다. 버스는 이미 병원에 다녀온 걸까. 아야미는 궁금하게 생각했다. 환하게 실내등을 밝힌 버스 안에는 여러 명의 여자들이 탁자를 둘러싸고 반듯하게 앉아서 책을 읽고 있었으며 가장 어두운 뒷자리 구석에는 가사를 걸친 승려가 눈을 감고 앉아 있었다.

그들이 있는 벤치 맞은편에는 역사 건물의 담장 위로 대형 스크린이 설치되어 있었다. 깊은 밤이고 또 도시 전체가 간헐적인 정전을 앓는 중이므로 불이 꺼진 스크린은 엄청나게 큰 합성수지 쟁반의 표면처럼 내용 없이 검게 번쩍거리기만 했다. 그러나 어느 순간 갑자기 전기충격 치료를 받는 시체처럼 스크린이 부르르 떨었다. 스크린에 화면이 들어오고 있었다. 하지만 그보다 더 먼저, 라디오의 노이즈가 흘러나왔다.

한낮의. 기온. 섭씨. 삼십. 구도. 바람. 없음. 그늘. 없음. 여니에게. 전화해. 주세요. 삼십. 구도. 바람. 없음.

그늘. 없음. 한낮의. 도시. 신기루. 현상이. 나타날. 예정.
바람. 없음. 구름. 없음. 하늘. 의. 색깔. 없음. 없음. 여니
에게…… 여니에게……

"뉴스로군요."

극장장이 중얼거렸다.

"한밤의 일기 보도예요. 뱃사람들을 위한 바다의 일
기예보."

아야미가 말했다.

"일기예보는 뉴스의 앞에 나옵니까, 아니면 뒤에?"

그들은 가만히 스크린을 지켜보았다. 파박거리는 소
리와 함께 마침내 켜진 화면에는 뉴스가 아니라 심야
방송인 문학토론 프로그램이 진행 중이었다. 이번에는
소리가 들리지 않았다. 그래서 출연자들이 무슨 내용
에 대해서 떠들고 있는 것인지는 알 수가 없었다. 하지
만 그 순간 화면을 가득 채운 어떤 얼굴을 보자마자 극
장장은 놀라운 듯 말했다.

"저 사람이 바로 내가 오늘 오후에 만났던 시인입니
다." 그는 포도주 잔을 들지 않은 손으로 화면 속의 얼
굴을 가리켰다. "그런데 그의 이름이 생각이 안 나는군

요. 김 뭐였는데."

"김철썩이라는 그 시인 말인가요?"

"그래, 맞아요, 김철썩."

시인은 매우 나이가 많아 보였다. 색이 바랜 회색빛 머리칼과 꼽추처럼 구부정한 등, 기운이 떨어진 목덜미, 번득이는 안경알 뒤편의 피곤한 눈동자가 화면을 가득 채웠다. 부옇게 불투명한 눈동자는 그의 육신의 요소 중에서 가장 많이 늙은 존재였다. 그 눈은 아직도 자신이 세상을 볼 수 있다는 사실이 믿어지지 않는다는 듯 주저하면서 쉴 새 없이 불규칙적으로 깜박거렸다. 눈꺼풀이 한 번씩 깜박일 때마다 눈동자는 빠른 속도로 더욱더 늙어갔다. 그의 어깨는 좁고 처졌으며 허름한 입술 끝에는 침방울이 매달려 있었다. 아마도 입술을 움직이는 모양으로 추측컨대 자신의 시, 혹은 타인의 어떤 시를 낭독하거나 인용하고 있는 중인 듯했다.

> 멀리 떠나지 말아요, 단 하루라도, 왜냐하면
>
> 왜냐하면 …… 하루는 길고
>
> 나는 당신을 기다릴 테니까.

시구를 인용하고 있는 그의 입술을 아야미는 소리 내어 따라 읽었다. 아야미의 목소리가 시인의 입을 통해서 흘러나왔다.

물론 나는 이름 없는 늙은 시인이지요. 그런 내가 당신들을 넘어 더 오래 살게 되리라고는 상상도 하지 못했답니다.

"학교를 다니던 중에도 나는 여러 가지 직업을 전전해야만 했지요. 가난한 집의 아들이었으니까. 젊은 시절, 나는 고생하며 살아가는 것을 당연하게 받아들였습니다. 그래서 고생을 특별히 힘들다고 생각하지는 않았지요. 삶의 다른 성격에 대해서 배울 기회가 없었으니까요. 하지만 유학을 마치고 돌아와서도 직장을 잡지 못하고 임시 일거리로 살아가던 시절에는 하루하루가 참으로 힘이 들더군요." 남자는 얼굴을 아야미에게로 향하고는 조용한 목소리로 말했다.

"그때는 내 인생에서 가장 어려운 시기였다고 말할 수 있습니다. 아마 그즈음부터 아내와의 사이도 차츰 멀어진 것 같군요, 밤이나 낮이나 나는 혼자였습니다.

내 피부는 세포 하나하나까지 너무나 고독했어요⋯⋯.
나는 나를 거부하는 듯한 이 세계에서 존재의 자리를
찾으려고 안간힘을 썼지요. 나는 밤이나 낮이나 일을
했답니다. 낮에는 여기저기 시간제 강의도 하고 일자
리를 알아보면서 보냈고, 밤에는 여러 가지 잡다한 돈
벌이에 매달렸지요. 그중에서 기억에 남는 것은 밤에
버스를 운전한 일이었어요. 노선을 운행하는 것이 아
니라 주로 특별한 행사나 목적을 위한 야간 임대 버스
였습니다.

어느 날 한 젊은 남자가 버스를 임대했습니다. 그의
부탁으로 나는 밤새도록 버스를 운전하게 되었어요.
그는 여섯 명의 누이들을 데리고 왔습니다. 모두 그보
다 나이가 한참이나 더 많아서 그의 누이라기보다는
어머니나 할머니처럼 보이는 늙은 여자들이었습니다.
'우리는 어디로 가는 건가요?' 하고 내가 물었습니다.
그는 나에게 중앙역을 중심으로 시내의 같은 구간을
밤새도록 빙빙 돌기만 하면 된다고 대답했습니다. 그
것도 비일상적인 아주 빠른 속도로 말이죠. 가족 중 누
군가가 죽었을 때 행하는 그들 집안의 오래된 전통이

236

라고 설명하더군요. 남자는 승려의 차림을 하고 있었습니다. 나는 임대버스회사의 제복과 모자를 착용하고 운전을 했어요. 그게 규칙이었으니까요. 그런데 모자가 터무니없이 컸어요. 모자가 흘러내려 시야를 가리지 않도록 주의하면서 운전해야 했지요.

　나는 밤새도록 운전을 했습니다. 많은 생각에 시달리느라 불면증을 앓던 나날이었으므로 차라리 밤에 그런 일거리가 있다는 사실이 고맙게 느껴졌죠. 최대한 빠른 속도로 달려야 합니다, 하고 젊은 승려가 주문했지요. 한밤이라서 도로가 한가한 시간이기도 했지만, 이상하게도 그날 밤 나는 시내를 빙빙 돌면서 단 한 대의 다른 차량도 만나지 못한 것이 기억납니다. 아직까지 이해할 수 없는 일이에요. 서울은 교통지옥의 도시가 아닙니까. 게다가 도로와 건물은 불빛 하나 없이 깜깜하기만 했어요. 마치 눈먼 거울 속처럼…… 눈먼 꿈속처럼…….

　얼핏 검게 위장한 탱크를 보았다는 생각도 들었지만, 아마도 그건 환영일 겁니다. 잠이 부족해서 몹시 피곤한 상태였으니까요. 하늘을 향해서 핏빛의 조명탄이 발사되고 있었어요. 왜 그랬는지 나는 모릅니다. 조명탄이 한 번씩 발사될 때마다 공중에서 죽은 새들이 후두둑 떨어져 내렸지요. 정체를 알 수 없는 날카로운 긴 긴장감이 텅 빈 밤을 가득 채우고 있었어요.

나는 밤새도록 운전을 했고, 버스는 중앙역 주변 도로를 빙빙 돌았습니다. 새벽이 다가오니 예리하게 날선 보랏빛이 늙은 부모인 회색빛 흐릿한 어둠을 살해하는 광경이 눈앞에 펼쳐졌습니다. 묽은 피가 건물들 지붕 위로 흥건하게 고이기 시작했어요. 지붕의 윤곽이 핏빛 하늘을 배경으로 날카롭게 드러났지요. 마치 위험한 평화의 예감처럼. 그러자 그때까지 말 한마디 없이 앉아만 있던 젊은 승려는 '그만!' 하고 외쳤습니다. 반듯한 자세로 책을 읽던 누이들이 잘 훈련된 암탉처럼 고개를 일제히 꼿꼿하게 쳐들었고, 버스 지붕 위에 얹어놓은 머리 없는 흰 수탉이 저절로 꼬끼오 하고 울었습니다. 어째서 머리 없는 수탉이 울음소리를 낼 수 있었는지 나에게 묻지 말아요. 나는 버스를 역 광장에 세웠습니다. 이른 새벽이라 광장에는 사람의 모습은 보이지 않았습니다. 어차피 그날 밤은 전 도심에 인적이라곤 하나 없긴 했지만 말입니다. 젊은 승려는 여섯 누이를 데리고 버스에서 내렸습니다. 그들은 알 수 없는 방향으로 걸어갔어요. 순례자들처럼 일렬을 지어서. 가장 앞에는 승려가, 그리고 가장 어린 누이가— 그래 봤자 그에게 거의 어머니뻘은 되어 보이긴 했지만—그 뒤를 따르고, 그렇게 나이 순서에 따라, 맨 뒤에는 제일 나이 많은 누이가 허리를 구부정하게 구부린 채 엉금엉금 걸었답니다.

피곤으로 정신이 몽롱한 상태로 나는 그들의 뒷모습을 보고 있었죠. 그래요, 나는 그 여자들의 뒷모습에서 한동안 눈길을 떼지 못하고 있었답니다. 심지어 그들의 모습이 다 사라진 다음에도 나는 다른 방향을 바라볼 생각도 못하고 있었지요. 아마도 고개를 다른 쪽으로 돌리는 것이 너무나 힘에 겨웠던 탓일 겁니다. 혼이 나가버린 듯이 나는 꼼짝도 못하고 그 자리에 그대로 앉아 있었지요. 이해할 수 없을 만큼 전혀 기운을 쓸 수가 없었으니까요. 현기증과 두통이 나를 사로잡아서 갈기갈기 찢어놓았습니다. 통증이 너무나 극심해 온몸의 세포가 일제히 의식을 잃는 것만 같았죠.

그때 어디선가 한 남자가 그 새벽 텅 빈 광장으로 홀로 걸어왔습니다. 가벼운 옷차림의 남자는 두 팔을 몸통에서 살짝 떼고, 자유로운 양손을 휘휘 저으며 성큼성큼 걸었지요.

　　그렇게 광장 한가운데 동상의 그늘 아래까지 걸어온 남자는 마치 연극처럼 서서히 느린 동작으로 손발을 비틀어댔는데, 나는 처음에 그것이 나에게 건네는 그의 인사라는 착각에 빠졌습니다. 하지만 사실 그 남자는 간질 환자로, 이른 새벽 첫 기차를 타러 나왔다가 광장에서 발작을 일으킨 거였죠. 그날 나는 버스 운전석에 멍하니 앉은 채로 그의 뒤틀린 낮은 신음으로 새벽의 광장이 천천히 차오르는 것을 지켜본 유일한 증인이 되었답니다.”

　　“그는 죽었나요?” 아야미가 물었다.

　　“누구 말입니까?”

　　“광장에서 발작을 일으킨 간질 환자.”

　　“글쎄요. 나중에 경찰서에서 들은 말이긴 합니다만, 그 남자는 그날 단순한 발작을 일으킨 것뿐이지만, 며칠 뒤 강물에 빠져 익사했다고 하더군요.”

그들은 잠시 말없이 앉아 있었다. 포도주 잔을 비운 극장장은 밤을 향해 나직하게 휘파람을 불었다. 아야미에게 익숙한 멜로디인 그것은 〈Someone has thrown away the piano on the beach(누군가 바닷가에 피아노를 버렸네)〉라는 재즈곡이었다.

소리 없는 스크린의 화면이 갑자기 꺼졌다. 염소 시인의 모습이 그들의 눈앞에서 사라졌다. 이제 광장에는 그들에게 알 수 없는 방향을 가리키듯이 팔을 반쯤 치켜든 채 서 있는 장군의 동상만이 남았다.

"나는 이제 출발해야 해요."

아야미는 빈 종이컵을 구겨서 벤치 옆에 버리면서 몸을 일으키려고 했다.

"택시를 타더라도 공항까지 한 시간은 걸릴 거예요."

"이 시간에는 사십 분이면 충분할 겁니다. 하지만 여니에게서 다른 연락이 없는데도 공항에 가야 하는 건가요?"

극장장은 아야미의 팔을 잡으며 말했다.

"선생님은 지금 병원에 있기 때문에 연락을 할 수 없

는 것뿐이죠. 그래도 시인이 도착한다는 것은 사실이니까 누군가가 마중을 나가주지 않는다면 곤란할 거예요. 약속은 약속이니까요."

"그래도, 삼십 분만 더 있다가 가요."

"지금도 시간이 너무 촉박한데요. 택시가 금방 잡힐지도 모르고." 아야미는 고개를 들어 광장 주변의 텅 빈 도로를 살펴보았다. "게다가 택시는커녕 아까 지나간 흰 버스 말고는 다른 차들은 한 대도 보이지 않으니 정말 이상한 밤이에요."

"그러면 십오 분만, 아니 십 분만 더 있다가 가요. 제발, 왜냐하면…… 사실 머리가 너무 아파서 일어서기조차 힘이 들어서 그래요." 극장장은 머리를 아야미의 가슴에 기댔다.

"하지만……"

"정말입니다, 머리가 갑자기 너무 아프군요, 마치 오래전 버스를 몰던 그날 밤처럼…… 커다란 대못을 정수리에 대고 망치로 쾅쾅 박아대는 것처럼, 그렇게 사정없이 아파요."

극장장은 간절한 손길로 아야미의 몸을 껴안았다.

그의 얼굴이 정말로 고통을 참는 사람처럼 일그러졌다. "토할 것같이 속이 좋질 않아요."

"토하고 싶으면 이대로 내 몸에다 토해도 돼요." 아야미가 그의 귀에 대고 낮게 속삭였다. "그게 더 편하다면 말이죠……"

극장장은 고개를 돌리려고 했지만 완전히 성공하지는 못했다. 그는 가슴과 목을 울컥거리면서 오래오래 토했다. 희고 뜨끈한 토사물이 아야미의 블라우스를 타고 아래로 뚝뚝 떨어져 내렸다.

"당신이 편지에서 쓴 것처럼……" 극장장이 말했다. "이제 나를 다른 세계로 데려다줘요."

아야미는 극장장의 머리를 껴안고 자신의 무릎 위에 가만히 놓았다. 그리고 그가 구토를 다 마칠 때까지 대 못의 뭉툭한 대가리가 만져지는 피투성이 정수리를 정성스레 쓰다듬었다. 오래오래 쓰다듬었다. 마치 그것이 점점 희박해져가는 두 인간이 동시에 한 장소에 있기 위한 유일한 주술의 몸짓이라고 믿는 것처럼.

꿈, 기록 — 김사과

꿈은 순수한 닮음이 군림하는 영역에 이른다. 여기서는 모든 것이 유사하다. 각각의 형상은 하나의 유사한 형상이고, 다른 형상과 유사하고, 계속해서 또 다른 형상과 유사하고, 그 형상은 또 다른 형상과 유사하다. 사람들은 근원적인 모델을 찾고, 출발점으로, 최초의 드러남으로 되돌아갔으면 한다. 하지만 그것은 없다. 꿈은 영원히 유사한 것으로 되돌아가는 유사한 것이다.*

꿈은 잠에 속한다. 잠은 야행성이고, 그만큼 낮에 이

---

* 모리스 블랑쇼, 『문학의 공간』, 이달승 옮김, 그린비, 2010, 392쪽.

루어지는 꿈은 기이하다. 밤과 잠에서 차례로 끄집어 내어진 꿈은 더욱 기이하다. 잠 밖으로 꿈을 꺼내려는 욕망은 위험하다. 물 밖으로 꺼내어져 몸을 뒤트는 생선을 향해 숨을 쉬라고 명령하는 것은 미쳤거나 우습다. 그러니 우리의 시선은 팔딱대는 생선이 아니라 생선을 움켜쥔 손에 닿아야 한다. 꿈을 움켜쥔 손, 꿈을 포획하려는 불가능한 욕망. 내가 적을 것은 그것이다. 펼쳐진 꿈이 아니라. 물론 그 손에 대해서 말하려는 욕망 또한 또 하나의 움켜쥐려는 손이다. 그러니 당신의 시선이 머물러야 하는 곳은 그곳이다. 길을 잃고 싶지 않다면, 이 매혹적인 덫에서 빠져나가고 싶다면.

1. 꿈의 입구

꿈에는 입구가 없다. 출구가 없는 것처럼. 문이 없다는 것은 표식이 없다는 뜻이다. 모든 표식을 박탈당하는 것은 꿈으로 입장하는 데 있어서 첫번째이자 가장 중요한 요건이다. 현실의 시민권을 박탈하는 서류에 서명하는 것, 그게 바로 꿈세계의 여권이다. 너는 들어갈 수 있으나, 돌아볼 수 없다. 모든 것은 꿈 밖에 남겨진 채여야 한다. 그것을 '기억' 혹은 '의미'라고 부를 수 있을 것이다. 그러나 언제나 야망 있는 탐험가가 존재한다. 한 손에 붉은 실타래를 든 채 자기 이야기의 결말이 해피 엔딩이라고 상상하며 미궁으로 진입하는 얼치기 테세우스들. 그들은 예외 없이 괴물의 먹이가 된다. 하지만 그들은, 다시 말해 우리는 그 멍청한 희망에서 벗어날 줄 모른다. 왜냐하면 언제나 예외만이 기억되기 때문이다. 왜냐하면 언제나 예외만이 신화로 남을 자격을 갖기 때문이다. 우리는 예외 없는 현실을 살아가지만, 우리에게 주어진 이야기는 죄다 예외에 관한 이야기뿐이다. 그리하여 이야기 속에 푹 잠긴 자는 그것을, 오직 그 예외를 믿게 된다. 현실이 아니라. 그 기적의 이야기를 이야기 바깥으로 꺼내려고 들게 된다.

　물론 꿈으로 입장할 때 우리는 뭐든지 가지고 들어갈 수 있다. 붉은 실타래든 뭐든. 우리가 두고 오는 것은 실타래의 사용법이다. 짧은 막대에 칭칭 감겨 있는 붉은 실. 당신은 손에 들린 그것을 바라본다. 하지만 그것이 뭔지 모른다. 그것의 이름을, 의미를 모른다. 실수로 풀어진 실이 바닥으로 늘어진다. 하지만 여전히 당신은 그 것으로 뭘 해야 하는지를 모른다. 마침내 당신은 그것에 서, 그 불길해 보이는 길고 또 가느다란 붉은 것에서 멀 리 떨어져 있기를 바라게 된다. 마침 방 한가운데 서랍 장이 보인다. 당신은 그것으로 다가간다. 서랍을 열고 그 불길한 물건을 집어넣은 다음 열쇠로 잠가 열쇠를 창밖으로 던진다. 비로소 당신은 안도한다. 그러나 당 신은 여전히 그곳이 어디인지 모른다. 당신이 미로 속 에, 스스로 밀어넣어졌다는 사실을 모른다. 그렇게 모 든 표식을 스스로 제거한 채로, 당신은 미로 속으로 발 을 딛는다. 아니, 당신은 이미 미로 한가운데에 있다.

꿈에 표식이 없다는 것은 꿈에는 시작이 없다는 뜻 이다. 잠으로 굴러떨어지는 사람은 절대 입구에 닿지 못한다. 왜냐하면 애초에 입구는 없으니까. 잠에 빠져 드는 사람은 지금부터 자신이 어떤 꿈을 꾸게 될지 알 수 없다. 예측은 소용없다. 꿈은 통제할 수 없다. 꿈으 로 들어간다는 것은 그런 의미다. 몇 번째 문이 진짜인 지 알 수 없다. 그리고 문이 열린 순간, 당신은 비로소 그것이 문이 아니었다는 것을 깨닫게 된다.

그러니 꿈을 형상화하려는 시도는 시작의 포기로 시작된다. 물론 시작의 포기가 곧장 본론으로 들어가는 것을 의미하지 않는다. 꿈에 본론이란 없다. 펼쳐진 것은 끝도 없이 이어진 길이다. 꿈에 입장한 자가 할 수 있는 유일한 짓은 길을 잃는 것이다. 아니, 당신은 이미 길을 잃었다. 그것을 이해해야 한다. 길을 찾으려는 시도는 포기되어야 한다. 꿈 안의 길이란 목적지로 인도하는 길이 아니다. 영원히 그 위에 머물게 하는 길이다. 거긴 잘못된 길도, 올바른 길도 존재하지 않는다. 오직 길이 존재한다. 거기서 빠져나오는 유일한 방법은 꿈에서 깨어나는 것이다.

전직 여배우 아야미는 손에 방명록을 든 채 오디오 공연장의 두번째 계단에 앉아 있었다.

소설은 위의 문장으로 시작한다. 하지만 말했듯이 이것을 이야기의 도입부로 착각하지 말아야 한다. 이것은 시작이 아니다. 입구가 아니며 따라서 이 문장을 읽은 순간 당신은 이미 길을 잃은 상태라는 것을 이해해야 한다. 다시 말해 이 문장이 독자에게 전달하는 것처럼 보이는 정보들, '아야미'라는 이름, '전직 여배우'라는 정보, '오디오 공연장'이라는 장소가 앞으로 이어질 이야기에 대해서 말해주는 것은 아무것도 없다. 다시 말해 저 문장이 주는 것으로 보이는 정보는 앞으로 반복될 이야기들에 대한 원형이 아니다. 그것은 이어지는 이야기의 몇 번째인지 모를 조각일 뿐이다. 물론 그것이 몇 번째 조각인지 파악하기 위한 시도 또한 부질없다. 복사본에는 순서가 없다.

2. 꿈의 내부

소설 속 이야기는 몇 개의 인물과 설정과 세부 사항을 끊임없이 반복하거나 변주하며 앞으로 나아간다. 아니, 그런 것처럼 보인다. 첫번째 장에서는 폐관을 하루 앞둔 오디오 극장에서 일하는 전직 여배우 아야미의 하루가 묘사되어 있다. 극장에서 그녀는 독일어 선생 여니의 부탁 전화를 받기도 하고 수상한 남자를 목격하기도 한다. 일이 끝난 뒤에는 극장장과 저녁을 먹고 여니의 집으로 찾아간다. 하지만 그녀는 집에 없고 아야미는 극장장과 함께 역 광장으로 향한다.

두번째 장에는 부하라는 남자가 등장하는데 그는 한강에서 물에 빠진 남자를 구해낸다. 그는 약품 배달 일을 하는데 자신이 약품을 배달하는 집들 중에 한 곳을 찾아오는 시인 여자를 오래전부터 흠모하고 있다. 한편 그는 밤마다 여니라는 여자에게 전화를 걸어 이야기를 나눈다. 어느 날 그는 시인 여자가 일하는 극장으로 찾아갔다가 경비에 의해 쫓겨난다.

세번째 장에서 아야미는 여니의 부탁으로 독일인 소설가 볼피의 한국 방문을 돕는다. 둘은 한 시인의 사진 전시회에 들렀다 역 광장으로 가서 허기를 때우기 위해 햄버거를 먹는다. 광장에 걸린 전광판에서는 예전에 아야미가 출연했던 짧은 필름이 상영되고 있다. 볼피는 소설의 소재를 얻기 위해 아야미에게 기차 여행을 제안하고 그녀와 함께 기차역으로 간다.

마지막 장에서 이야기는 다시 첫번째 장의 마지막 부분으로 돌아온다. 아야미와 극장장이 역 광장에 앉아 포도주를 마시는 가운데 극장장이 자신의 과거 이야기를 들려준다. 이야기를 끝낸 그는 아야미를 껴안은 채로 토한다.

네 가지 장에 걸친 이야기는 그물처럼 온 사방에 연결되어 있어 이야기에 진입한 독자가 길을 잃지 않는 것은 거의 불가능하다. 예를 들어 여니의 존재가 그러한데 그녀는 극장장이 아야미에게 소개시켜준 독일어 선생이자, 부하라는 남자가 약을 배달하는 고객이자, 밤마다 부하가 전화를 거는 이름 모를 상대이자 한편 오디오 공연장 낭송극 목소리의 주인공이기도 하다. 또한 그녀는 독일인 소설가 볼피가 만나기로 예정된 여자이자, 반복해서 걸려오는 전화에 아야미가 대는 이름이기도 하다. 이 반복되고 변형되는 여니에 대한 묘사는 마치 수수께끼처럼, 그러니까 덤벼들면 풀수 있는 과제처럼 다가온다. 왜냐하면 각각의 단서들이 퍼즐의 조각과 같은 외양을 한 채 사방에 흩어져 있기 때문이다. 하지만 그건 퍼즐이 아니다. 퍼즐처럼 보이는 덫이다. 즉, 이 소설은 독자가 소설 속 이야기의 길을 따라 걷다가 마침내 작가가 설정한 목표 지점에 도달하기를 바라지 않는다. 그저 이 이야기 속에, 다시 말해 길 위에 영원히 머물기를 원한다.

　단지 설정과 배경, 인물, 세부 사항만이 아니라 문장 자체가 그 맥락만을 바꾸어 반복되기도 한다. "멀리 떠나지 말아요, 단 하루라도, 왜냐하면/왜냐하면…… 하루는 길고/나는 당신을 기다릴 테니까"라는 구절은 두 번 반복되는데 첫번째는 극장의 오래된 라디오에서 들려오는 소리이고 두번째는 광장의 전광판에 비치는 화면 속에서 한 시인이 낭독하는 구절이다. "숱 많고 검은 머리칼은 등 뒤에서 하나로 묶었고, 치맛자락 아래 드러난 맨발은 삼베 천을 거칠게 꼬아 만든 샌들을 신고 있었다"라는 구절은 네 번 반복되는데 첫번째는 아야미가 근무하는 극장의 시각장애인 소녀에 대한 묘사이고, 두번째는 아야미가 극장장에게 보여준 사진 속 자신에 대한 묘사이고, 세번째는 사진 전시회장에서 본 사진 속 여자에 대한 묘사이며, 마지막은 아야미가 출연했던 한 짧은 필름 속 그녀의 모습을 묘사한 것이다. 한 치의 어긋남 없이 동일한 이 문장들은, 다시 말해 아야미와 시각장애인 소녀와 사진 속 여자가 같은 종류의 외형을 갖고 있다는 것은 우리에게 이야기를 총체적으로 이해할 수 있는 어떤 단서도 주지 않는다. 아야미와 시각장애인 소녀와 사진 속 여자와의 관계를 우리는 영원히 알 수 없다. 그걸 이해하려는 노력은 우리를 더 깊은 미로 안으로, 즉 더 깊은 꿈속으로 끌어들일 뿐이다.

소설 속 가장 극적이고 아름다운 유사성은 첫번째 장에서 아야미가 극장에 찾아온 외판원과 마주치는 장면과 두번째 장에서 부하가 시인 여자와 마주치는 장면 사이에 놓여 있다. 두 장면은 마치 거울상처럼 연결되어 있는데, 하지만 찍힌 듯 유사한 두 개의 이미지가 비치는 거울의 바깥에는 그 이미지의 원형이 존재하지 않는다.

무슨 일인가요, 하고 아야미는 입술을 움직여서, 하지만 목소리를 입 밖에 내지는 않으면서 말했다. (1장, 41쪽)

우리는 아무것도 아니에요, 하고 시인 여자가 입술을 움직여서 말하는 것 같았다. (2장, 152쪽)

이제 끝났어요, 끝났다구요, 하고 말했다. (1장, 42쪽)

그건 모두 끝난 일이에요, 끝났다구요. (2장, 153쪽)

"가만히 두지 않을 거야, 너희를 모두 죽여버리겠어!"
(1장, 42쪽)

"죽는다고? 무슨 바보 같은 소리예요! 당신은 죽지 않아요! 당신은 코끼리처럼 오래오래 살면서 나와 함께 늙어갈 거예요! 당신은 죽지 않아! 죽지 않는다니까!"(2장, 153쪽)

1장의 아야미가 본 것은 2장의 부하인가? 2장의 부하가 마주친 것은 1장의 아야미인가? 현기증이 날 정도의 유사성이 두 장면 사이에 존재한다. 몇 개의 아주 사소한 세부 묘사가 불일치하는, 멀리서 보면 완전히 똑같아 보이는 두 개의 그림. 하지만 과연 두 그림은 동일한 그림인가? 아니라면, 어떤 그림이 어떤 그림을 베낀 것인가? 어떤 그림이 먼저인가? 혹시 멀리 떨어진 장소에서 서로에게 전혀 영향받지 않고 그린 두 개의 그림이 우연의 결과로 놀라울 정도로 맞아떨어진 것이 아닌가? 다시 말해 기적이 아닌가? 불가능해 보이는 상상이 실현되었을 때 사람들은 그것을 기적이라고 부른다. 하지만 역으로 생각해보면, 어떤 상황에 대한 해석이 불가능할 때, 다시 말해 해석 가능성이 완벽하게 차단되었을 때 사람들은 그 상황을 기적으로(혹은 음모로) 오해한다. 원본 없는 정밀한 반복들로 가득한 미로 속에서 우리는 매 모퉁이마다 기적적인 그리고 매혹적인 유사성을 마주치게 된다. 하지만 그것의 얼굴을 본 뒤에도 여전히 판단은 불가능하다. 모든 것이 놀랄 만큼 닮아 있으므로. 그러니 기적은 끝이 없고, 그러나 유일하게 존재하지 않는 기적은 미로의 바깥이다. 즉, 꿈의 바깥.

3. 꿈, 기록

배수아 소설의 최신 경향은 이렇게 형식적인 측면에서는 목소리로서의 언어에의 강조, 내용의 측면에서는 에세이적 글쓰기에서 꿈에 대한 글쓰기로의 변화를 들 수 있다. 처음 배수아의 소설이 소설과 에세이 사이를 가로지르기 시작한 것은 그녀의 사적 현실이 속한 세계(베를린)와 그녀의 독자가 속한 세계(한국) 사이의 거대한 틈을 메꾸기 위한 시도였다고 한다면, 이제 에세이에서 다시 꿈의 세계로 이동하고 있는 것은 그녀의 비타협적인 고립주의가 그녀의 사적인 현실을 포함하여 현실 전체에 등을 돌린 징후로 파악할 수도 있을 것이다. 그렇다면, 배수아의 꿈의 세계는 배수아의 억압된 현실 세계를 투사하는, 굴절된 거울로 볼 수도 있을 것이다. (중략) 배수아는 굳게 닫힌 문틈으로 새어 들어오는 현실의 압력을 재료 삼아 길을 잃은 목소리들이 떠다니는 꿈의 세계를 짓고 있다. 그 세계는 경계 위에 지어진, 경계로 이루어진 세계이다. 언어 없는 목소리가 침묵과 함께 떠돌며, 현실과 꿈이 서로를 향해 녹아드는. 그곳은 막다른 골목이며, 배수아는 그 막다른 골목에서 빠져나오려고 하는 대신 그 골목의 영역을 확장하는 것을 택했다. 이런 시도는 배수아를, 배수아의 글을 어디에 이르게 할 것인가. 예측할 수 없지만 한 가지 확실한 것은, 그녀가 향하는 곳은 우리가 한 번도 닿아본 적이 없는 곳일 것이라는 사실이다.*

  몇 년 전 나는 배수아의 최근 글쓰기 경향에 대해 위

---

* 우울한 화이트칼라 비웃는 자발적 '추방자' (프레시안, 2012년 1월 6일)

와 같이 쓴 적이 있다. 그리고 지금 나는 저 글의 마지막 구절을 부연 설명할 필요를 느낀다. 그녀가 닿기를 바라는 바로 그곳은, 그곳에 닿길 바라는 그녀의 욕망은 그녀만이 가진 것은 아니다. 그것은 근대의 모든 예술가들이 공유하는 보편적인 욕망이다. 세계의 건설. 그런데 배수아는 왜 하필, 그 도구로 꿈을 선택했는가. 그것은 위에 적었듯이 그녀와 현실 세계 간의 관계, 그것과 관련한 그녀의 곤경과 의지에서 비롯된 것이다. 이 소설은 분명히 현재의 서울을 배경으로 삼았으며 한국어로 쓰였고 한국인들이 등장하고 있지만, 현실성이 완벽에 가까울 만큼 결여되어 있다. 한마디로 이 소설 속에는 지금-여기의 환멸과 비참이 없다. 배수아는 현실의 절망을 소설로 끌어들여 파헤치는 대신 현실 전체를 소설 밖으로 몰아내는 것을 택했고 그 결과, 소설에는 2010년대 서울의 생활 자체가 완벽에 가까울 만큼 결여되어버린 것이다. 이 결여를 보충하는 것은 '독일'이라는 외부와 '꿈'이라는 형식이고 그것을 지탱하는 것은 목소리들이다. 그런데 그 목소리들은 너무나도 위태롭다. 의미와 존재 모두가 희미한, 놀랍도록 서로 닮은 환영들. 그것들에게 가능한 유일한 운명은 해명과 예측이 불가능한 반복적인 출현뿐이다. 마치 꿈과 같은.

결국 꿈을 기록한다는 것은 꿈을 재현하는 것이 아니다. 꿈을 이해하는 것도 아니다. 꿈을 건설하겠다는 것이다. 그러니 꿈의 기록을 읽는 것 또한 꿈의 이해도 분석도 될 수 없다. 꿈의 기록을 읽는다는 것은 그 꿈에 참여하는 것이다. 꿈속으로 굴러떨어지는 것이다. 재현을 거부하는 존재를 읽어낼 수 있는 방법은 없다. 환영을 들여다보는 것으로 그 환영의 출처를 알아낼 수는 없다. 그러니 포기하라. 포기하고 눈을 감아라. 그러면 한나절쯤 아주 희귀하며 기이한 꿈에 잠겨 있을 수 있을 것이다. 그것은 흔치 않은 즐거움을 줄 것이다. sheer pleasure. 한국어 산문 문학이 주는 최상의 엔터테인먼트. 성취감으로서의 쾌락이 아닌, 지연과 반복과 몰입이 가져다주는 쾌락. 심각하게 생각할 것 없다. 이 즐거움은 프로이트 이전과 이후의 꿈이 우리에게 제공했던, 그리고 제공하는 것이니까. 어린 시절의 트라우마, 성적 억압, 쾌락 원칙과 죽음 충동 따위는 잠시 잊자. 분석을 멈추고 몸을 맡겨라. 단, 그 전에 마지막으로,

아래의 구절에 눈길을 주는 것도 나쁘지 않다.

"하지만 그러면 우리는 너무나 고립되어버리지 않을까요? 단 한 사람도 설득할 수 없다면, 그 누구도 설득하지 못하고, 또한 그 누구도 우리의 무덤에 관심을 갖지 않는다면, 결국 우리는 혼자서 고개를 돌리고 아주 멀리 가버려야 한다는 의미잖아요. 우리가 어디로 가는지도 알지 못하는 채 말이죠. 우리는 평생 동안 황야에서 양들과 별들만을 바라보며 살아야 할지도 모릅니다. 별들은 죽고 다시 태어나고, 양들도 마찬가지겠죠. 그러면 당신은 세상은 변함이 없노라고 말하겠지요. 하지만 그렇다고 해서 우리가 타인을 설득하지 못했다는 슬픈 자의식조차도 마침내 느끼지 않게 된다면, 그건 너무나 고독해요, 아야미."

"그렇다면 고독하기 때문에 타인을 설득해야 한단 말인가요?"

"왜냐하면 고독은 실패이기 때문이죠."(75쪽)

왜냐하면 고독은 실패이기 때문이죠, 아야미.

알려지지 않은 밤과 하루
© 배수아, 2013

초   판 1쇄 발행일 2013년 4월 20일
개정판 1쇄 발행일 2024년 5월 24일

지은이 · 배수아
펴낸이 · 정은영

펴낸곳 · (주)자음과모음
출판등록 · 2001년 11월 28일
            제2001-000259호
주소 · 경기도 파주시 회동길 325-20
전화 · 편집부 02) 324-2347
       경영지원부 02) 325-6047
팩스 · 편집부 02) 324-2348
       경영지원부 02) 2648-1311
이메일 · munhak@jamobook.com

ISBN 978-89-544-5054-6 (03810)